绿地文学丛书

在那桃花盛开的地方

葛 林 著

黄河出版传媒集团
阳光出版社

图书在版编目（ＣＩＰ）数据

在那桃花盛开的地方 / 葛林著. -- 银川 ：阳光出
版社, 2013.8
　（绿地文学丛书 / 高耀山主编）
　ISBN 978-7-5525-1007-2

　Ⅰ. ①在… Ⅱ. ①葛… Ⅲ. ①诗集－中国－当代
Ⅳ. ①I227

中国版本图书馆CIP数据核字(2013)第203264号

绿地文学丛书　　　　　　　　　　　　高耀山 主编
在那桃花盛开的地方　　　　　　　　　葛　林 著

责任编辑　冯中鹏
封面设计　邱雁华
责任印制　郭迅生

黄河出版传媒集团　　出版发行
阳 光 出 版 社

地　　址　银川市北京东路139号出版大厦 （750001）
网　　址　http://www.yrpubm.com
网上书店　http://www.hh-book.com
电子信箱　yangguang@yrpubm.com
邮购电话　0951-5044614
经　　销　全国新华书店
印刷装订　银川市开创广告印刷有限公司
印刷委托书号　 （宁)0015449

开　本　880mm×1230mm　　1/32
印　张　9
字　数　200千
版　次　2013年8月第1版
印　次　2013年8月第1次印刷
书　号　ISBN 978-7-5525-1007-2/I·356
定　价　298.00元（全十册）

诗人小品（代序言）

一

诗人的案头有一座笔架。地球上的山多，但凡有山的地方，必有一座山叫笔架山。笔架上立有三座峰峦，代表了诗坛三位巨人，中间的那座是××，左边的那座是×××，右边的那座是诗人自己。巍峨高耸，纪念碑样的。

二

诗人在山里遇到了雕刻家。

诗人问雕刻家："你在干什么？"

雕刻家："我在找我的马。"

诗人："你的马在哪里？"

雕刻家："马就在这块石头里。"

诗人："石头里有马吗？"

雕刻家："心里头有什么，石头里就会有什么，我现在要用心，把藏在石头里的马找出来。"

诗人似有所悟，继续向山里走去。

三

诗人是最富有想象力的。大智慧者悟觉大境界，大境界出大诗人。

四

大诗人多是贵而无位的。贵到了极品，天底下就没有他们的位置了。李白与杜甫，那是何等的诗才，最终一个成了仙，一个成了圣。

五

诗人大多清高，有天子呼来不上船的狂傲。领导就有意见了，办公室里的小鞋多是给诗人预备下的。

六

诗人大多好酒，且又慷慨。"五花马，千金裘，呼儿将出换美酒……"女人就不乐意了：这是败家子嘛，工资本来就不高，钱没有了，开始当家具当衣服了，这日子没法过了。

七

诗人喝醉了，躺在柴房里。狗吃了诗人吐出的秽物，狗也醉了。诗人喊着说："白发三千丈，缘愁似个长。"娘心疼儿子，哭着说："儿啊，哪有那么多的愁啊，是媳妇又欺负你了吗？"

八

说到了人才，人们一向用"百里挑一"来形容人才难得。其实"百里挑一"也不过就是一个村民组长，千里挑一的是村长，万里挑一的是乡长。真正的诗人，普天之下能有几个啊！

九

有一个故事说：长城抗战，最先攻上山头阵地的有两个人，一个是诗人，另一个则是个傻子。诗人冲锋的时候心里想的是："前进！前进！中华民族到了最危险的时候，被迫发出了最后的吼声……"而傻子却记住了团长的一句话：谁最先冲上去，回来猪肉炖粉条可劲造。

十

诗人被贬到深山里伐木。诗人一边伐木一边唱道："坎坎伐檀兮，置之河之干兮，河水清且直……"一头梅花鹿从身边跑过，诗人追鹿。鹿跑到了一处悬崖上，回头对诗人说，你不要追了，让我跟你回去当老婆吧。诗人大惊，悲怆地说："我不能带你回去，你没有户口，身份不明，我怕他们再把你当特务给抓走了。"继而诗人问鹿说："你有办法把我变成鹿吗？那我们就可以在一起了。"鹿默然，结果鹿没有变成女人，诗人也没有变成鹿。这是二十世纪六十代的一个悲惨的爱情故事。

十一

　　李春阳高中毕业没有考上大学，回家后爹问他以后想干什么，他说他要当诗人。爹说你要当诗人就当诗人吧，当年有个王老九，没有上过学，也当上诗人了。自此李春阳刻苦学诗，当然他没有学王老九，他学的是艾青、李季、贺敬之、臧克家……但凡当代的大诗人他都学了。他自己的诗稿也写了一箩筐了，可没有一首能够发表的。他苦恼得想去跳河，可跳了一回没有成功，他的水性好，到了水里身子不往下沉。有一天他在院子里，听到隔壁王家的疯女在那里说话："月饼挂到树上了。蚂蚁上树了，老鼠上树了，猫也上树了，狗也想上树……"李春阳觉得有趣，就把疯女的话如实记录下来，组成了一首诗，寄到某杂志编辑部了。过了几个月，那首诗歌竟然就发表了。李春阳欣喜若狂，把杂志拿了给爹看。爹看了半天说："这哪里是诗啊，这是疯女的话嘛？"爹再不让他写诗了，爹是怕他也疯了。这是二十世纪八十年代的事情。

十二

　　一机关单位要提拔一名中层干部，候选人有两名。首选者是诗人，另一位名曰孙山。主管领导找诗人谈话，诗人一激动说我给领导送一首诗吧，领导高兴地连声说好好好。轮到孙山的时候，孙山从提包里掏出了两桶茶叶。领导说："你也是要给我送诗的吗？"孙山说："我这不是湿（诗）的，我这是干货，一点心意。"领导把一桶茶叶打开，瞄了一眼急忙又盖上了，说："这可不好，这可不好。"过了一段时间，单位公示新任用干部，孙山榜上有名，而诗人则名落孙山之后矣。

十三

诗人品性，多近君子而远小人。君子重品行，小人重名利。重品行者唯恐品行不端，重名利者则唯名利是图。于是乎，君子则常被小人所陷。诗人忧患意识甚重，且想象丰富。那位忧天的杞人，应该是一位诗人。

十四

是真诗人自风流，具备了诗的品格的人才是诗人。诗人的气质是从骨子里透出来的，是包装不出来的。

十五

云南昆明石林有块石头叫"阿诗玛"，长江三峡有座山叫神女峰。千百年来围绕了那山那石，诗人们魂牵梦绕，佳作连篇。可把阿诗玛、神女峰看成一堆石头的，那一定是石匠。给人修鞋的，满眼都是人脚上的鞋，给牲口钉掌的，满眼都是马的驴的蹄掌，而诗人看到的则是诗的意象。

十六

大智慧之人必定清贫。上帝创造人时，给了诗人智慧，却忘了给诗人财富。其实这并不是上帝的疏忽，是上帝在搞一种平衡。如果智慧、金钱、美女、名利、地位都被诗人占去了，那别人又该怎么活呢。

十七

诗人海涅说，他在上帝那里是要作上宾的。上帝宠爱诗人，让诗人千古流芳。上帝也爱钱财，是把有钱人的钱财在他们死后都没收充了公了。

十八

三位青年诗人去拜访诗圣，向诗圣请教有关诗的意境问题。诗圣使用了功法，让三位青年诗人进入到了各自的诗的意境中去了。过了一会儿，诗圣收回功法，问三个青年诗人："你们都看到了什么？"山水田园派诗人说："我看到了那片陶令不知何处去的桃花源了。"鸳鸯蝴蝶派诗人说："我看到了那个梦里寻她千百度的女子了。"非驴非马派的诗人则沮丧地说："我他妈的看到的是一片空白。"

十九

在文学的范畴里，最能体现人类智慧的文学形式是诗歌。从美学意义上讲，诗歌的纯净与深邃，把一种文学的高贵精神融化于人类的思想和灵魂之中，从而让诗人在完善诗的孕育的同时，也完成了自我品格的塑造。

目 录

第二辑　等待约会

第三辑 诗童话

第四辑　讽刺与幽默

第五辑　迟开的君子兰

第六辑　诗　论

第一辑　田野的风

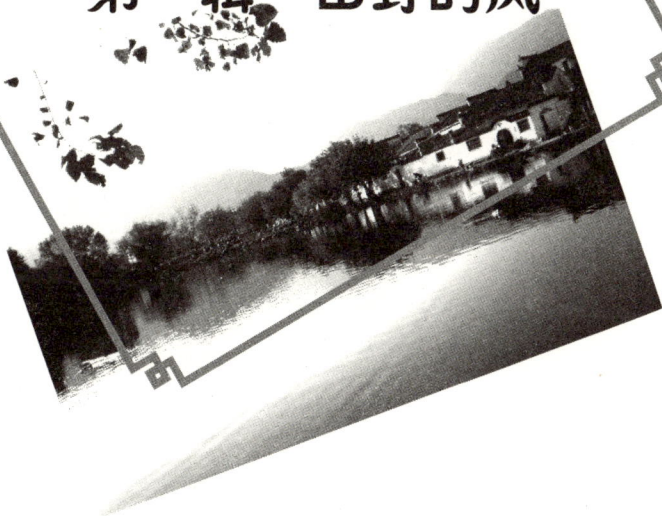

走向田园

从一座城市走出来
那城市很大
车子很多
人潮涌涌
一条路
便走了许多日子

思念乡野
思念麦子

正是春天
麦子长得好高了
走在麦子地里
看着那些豌豆花儿
开在麦子的根上
由不得你
就想躺下来
睡在麦子的身边
也做一个开花的梦

风是暖暖的
土地是暖暖的

而豌豆花的清香
好醉人哩

躺着看天
天更宽阔了
而心离土地
更近了
感受到土地的脉流
正涌向你的心脏
感受到一种根的东西
从你身体的深处
开始伸向泥土

一只麦鸟儿飞来
在你的头顶
婉转的唱着

河岸上的梨花
已经谢了
有一叶白帆
从河的下游漂来

躺在麦地里
像儿时一样
噙着一朵豆花儿
很容易就睡着了

当你醒来
看红日西沉
你会惊异
麦子突然之间
就长高了许多

母亲一样
温情的麦地啊

远方的麦子

农历的五月
离芒种还有两天
远方的麦子正在成熟

我的那些
生活在乡村里的
父老乡亲们
正满怀着喜悦
期待着一个好消息的来临

有人似乎等不及了
就站在房顶上
看着远处的田野
和田边上的
那些高高低低的树

村边上是一处苇塘
苇莺的叫声
清脆悦耳
让人听着
便有了一种愉悦的感觉

谁家的小媳妇
到地里去摘蚕豆
被一棵杏树引诱
望着树上的青杏
就走不动路了

我已离乡多年
村里的很多孩子
已经不认识我了
当我走过的时候
他们会用
一种好奇的眼光
看着我

我在那个
生长高楼的城市里
播种文字
每当新麦收获的季节
就会有大批的麦子
以另一种形式
进入城市

偶尔从馒头里
吃到一颗
没有碾碎的麦子
我会把它，当作

我乡下亲人
对我的，一颗
完整的思念

远方的麦子
正在成熟
今年的麦子
长势很好

我的父老乡亲
心情很好
正站在村子的边上
召唤麦子
早一点回家

田野的风

三月里
暖暖的风
吹着我
开花的村庄

父亲在园子里
忙着点种他的南瓜
热了，就把那件旧棉袄
脱了，挂在树枝上
像一片要远航的帆

而我则要蹬着梯子
给那些果树
疏理繁密的枝条
可父亲只相信他的南瓜
熟透的土地
在他的脚下
波澜不惊

两只蜜蜂
在我的头顶
飞来飞去

把我也当成了
一棵树了

远处的麦田里
杏姐的歌声
像一脉溪水
清清亮亮

那两只蜜蜂
还是那两只蜜蜂
总是绕着我
飞来飞去
嘤嘤的声音
像是在叹息
这棵树怎么不开花呢

麦苗儿青青

三月天
我们下地去
你提着你的小篮子
我拿上我的小铲子

麦苗儿青青
看两只麦鸟儿
沿着麦垄
窜来窜去
不停地唱着
唱得人心里
好暖和

有一种婆婆丁子花
开得金灿灿的
你放轻你的小脚
说踩了它
将来会遇上一个凶婆婆

你说了你笑了
关于婆婆的事情
还很遥远

像天边上的那一片云

剜地米菜
能剜到一棵杏树苗儿才好呢
能剜到一棵桃树苗儿才好呢
把它移栽到园子里
带足根土，很好活

农家女孩的希望
比花还美丽

春天的色彩

清明的小雨
细密地织着
如烟
如雾

站在乡野
农家新楼的阳台上
看风景
有多美呢

风从田野上来
雨从田野上来
燕子从田野上来
由不得一颗心
也呢喃作语

麦子正在拔节
麦地那边
是一处梨园
如今梨花盛开
远远望去
似一团团

洁白的云

谁家着红衣的少女
撑一把花伞
沿着那条田间小路
姗姗而行

尽可以想象
那随风潜入的小雨
沾湿她如云鬓发的样子
有多美呢

小路在那边
拐了个弯儿
远去了
那女孩也拐了个弯儿
远去了

我的心沉了一下
开始埋怨
父亲造屋时
为什么不把房子
盖在那个路边呢

香瓜园

那看守瓜园的老人甜蜜地睡着了
瓜园里很宁静
淅淅沥沥的小雨很宁静

小雨下着，不停地下着
使得那一根香瓜藤一直往前长着
一直延伸到老人的枕头边
老人呓语喃喃
睡梦中似乎一直在和什么人说话呢

有一颗瓜，老人是不舍得摘的
他不摘也不许别人摘
他说那是瓜王
一个瓜园里没有瓜王行吗

小雨一直下着，还没有停的意思
满地的瓜花开得金灿灿的
一个戴着红肚兜的孩子
在那瓜田里跳来跳去
一群绒毛小鸡崽在瓜秧里跳来跳去

瓜园的日子就是这样甜美

老人的梦就是这样甜美

香瓜成熟的季节
老人把那颗最大的瓜摘下来
从中取出许多红色的瓜籽儿
在太阳下晒干装进袋子里

老人说这是瓜之子

沿着铁路走

这些日子
总想沿着
那一条铁路
走一走

其实，也没什么
只是有一种愿望
想沿着那条
新修的铁路
走一走

一双生满老茧的脚
踩在那钢铁的路轨上
一种奇异的感觉
油然而生

铁路穿过田野
那时的油菜
正在开花
列车驶过时
一股强劲的风
推动着金黄的菜花

起起伏伏

由于这趟列车
乡村的夏季
会提前来临

沿着铁路
走一走
一种庄家的清香
和着这路轨上
新鲜的机油味儿
让人入醉

我知道
沿着这条铁路
走下去
就会有一座
美丽的城市
就会有一种
美丽的生活

有一个召唤
牵引着我
和我的乡村
沿着这条铁路
向前迈进

父亲的河

那一年
爹背着他去上学
爹踏破冰河
爹的腿被冰块
划破了许多条血口子
从此，他看那河水
永远都是红色的

每次放学回家
他都要趴在河岸上
像一只小牛犊
伸长了脖子
饮河里的水

是这方水土
给了他灵气
是爹的血
给了他健壮的身体
饮着饮着
他就长大了

鹰长满了翅膀

总是要到天上飞的
他是男人
总想着要到外面的世界
去闯一闯
那是爹的篱笆墙
关不住的

他是小村第一个
走得最远的人
他是他们那个地方
第一个出国留学的
博士生

他在富士山下
观赏过樱花
他到莱茵河畔
追寻过罗累莱的神话

他走得越远
在外面待得越久
越是思念家乡
总感到那条河里的水
在自己的血管里
哗啦啦地流淌

是那条父亲的河啊

在那桃花盛开的地方

在河边衔泥的燕子
要住新房了
河边上的桃花
夭夭灼灼
开成一片云了

那一年
从县城上学回来
娘就去世了

送走了娘
下雨天
房子漏了
却无钱修补

他把房子拆了
用那些木头
在门前的河上
修了一座桥

因为有桥
也就有了路

十里八村的乡亲
走亲访友
在这桥上
留下数不清的感激

那孩子
没有了房子
就在河边
搭了一个草棚
在那草棚里
办了个鸡毛小店
生意十分兴隆

日子过得好快
一年又是一年
当年栽下的桃树
已经繁衍成林
桃花掩映着
一幢崭新的村舍
风景十分宜人

一位城市女子
偶然路经这里
看这里风景秀美
主人气度英俊
情愿下嫁乡里

和他结伴经营

生意越做越好
可他没有忘记
那些旧友乡邻
小桥变成了大桥
偏僻的村野
也变得车水马龙

因为有桥
路才畅通

树　眼

是小时候
走过你身边
随手折了你的一根树枝
赶着牛儿回家去

那时夕阳正西下
声声牧歌唱晚归
唱着唱着
就忘了你的痛苦

（穿着花衫子的小杏
从田野上归来
小杏提着一篮地米菜）

后来就过了许多年
过了许多年我回乡来看你
想起你长大了
想起那次伤你
伤你的地方
你正睁着一双眼睛看我
看得我好伤心啊

（那一年小杏出嫁走了
小杏临走的那一晚
抱着那棵树哭了很久
这满地金灿灿的地米菜啊）

河　上

东边日出西边雨
西边雨，西边雨最是有情啊
一河的桃花水依然
河边桃树下的少女依然
依然是进城念书的小慧啊

三月的风才叫美呢
三月的桃花雨才叫美呢
雨中的小慧才叫美呢

一只报信的鸽子飞过河去了
飞过去就有一条柳叶小船划过来
就有一位撑船少年踏歌而来

撑出一支竹篙撑出一把荷叶伞
只是那伞儿再小些才好哩
只是那雨儿再大些才好哩

看那一河的水缠缠绵绵
听那歌儿唱得缠缠绵绵
缠缠绵绵的小雨忽而又停了

雨停了小慧也该上路了
上路了是上路了
只是留下那一个笑
让撑船少年
横横竖竖也放不下了……

布谷鸟

那年春天
大哥在地里
把一只受伤的鸟儿
带回家
又弄一把小米
放进嘴里
润湿了
喂它

播种的季节
种子比金子还珍贵

待那鸟伤好了
大哥又把它带回田里
放飞了

那鸟儿在田边
连连地叫着
布谷，布谷
叫得人心里
好暖和

那是一个晴天
松泛的土地上
人们开始播种谷子

那年秋天
谷子收割完毕
大哥也报名
参军走了

那年长江发大水
大哥在抗洪的战斗中
牺牲的时候
那只鸟又飞来
在我家那片桃树园里
凄凄地叫着
它的叫声
让人听了
直想哭

为了大哥的事情
便误了播种的季节
村里的人们
都来帮忙

那一年风调雨顺
那一年我家地里
谷子长得最好

古河湾的美女村

每年的重阳节
是美女村建房的日子
在这样的日子建房
养下的女子才美吗

那些灵秀的少女们
那些健美的村姑们
忙完了各自的家务事
便都来帮忙了
她们用灵巧的手
去和泥啊
去搬砖瓦啊

垒墙那是男人们的事
喝上梁酒也是男人们的事
谁又计较那些事情呢
一杯糖茶也就打发了
一把红瓜子也就打发了

让人伤心的是
新房建好她们也就被接走了
有的被披红的骏马带走了

有的被挂彩的骆驼带走了

她们是一群美丽的燕子吗
飞得天南地北都是
她们把美也播撒得天南地北都是
既然不能永远厮守少女期
那就不能不永远厮守少女约

盖不完的是古河湾的新房子
开不败的是美女村的豆蔻花

陶乐梦月

陶乐的月色
全宿在美女村了吗
全宿在月牙湖了吗
这是中秋，中秋夜的风
从毛乌素沙漠走出来
是骑着骆驼来的吗
是骑着马儿来的吗
走进那夜不闭户的院落
去和那好客的村人交谈

你是从银川来的吗
你是海勃湾来的吗
杀鸡宰羊待贵客
酒不醉人不言归

到街上看看夜景吧
这小城没有夜市没有巡逻车
街灯很亮，那就用不着担心
会从树荫里会从花丛里
突然窜出贼胡子的传说

自有一群村姑姗姗而来

在那桃花盛开的地方

折桂枝插在各自的门环里
那门环自不上锁自行车也不上锁
这就乐了红崖子上放羊的牧童哥
这就乐了河湾里撑船下网的渔二哥

还记得陶渊明那老爷子吗
把酒话桑麻
酒喝得多了，话也说得热了
把一支老歌唱得熟了
一不小心，踩着了篱笆墙边
那一丛盛开的菊花

丢失的红纽子

在村边公路上停靠的那辆汽车已经开走了
她还站在那里，神情是呆呆的
那时山坡上的油菜花开得正美
她的年龄正美

她开始寻找那枚红纽子
那枚红纽子
是妈妈用心上的线给钉上的
可妈妈没有想到
那枚红纽子也是会丢失的啊

她开始后悔
不该冒冒失失进城打工去
城市是一个大世界
灯红酒绿很容易就迷路了

城里有很多高楼有很多漂亮的大房子
可城里没有爹没有娘
没有一个温暖的家

城市男孩子的爱情像蝴蝶
轻轻飞来又轻轻飞走了

所谓海誓山盟，海誓山盟
能给我遮风挡雨的
还是村边的那棵大槐树

这个城市爱下雨
秋雨绵绵里她开始想家啊
她是个爱哭的女孩
伤心了眼泪比雨水还要多

停靠在村边的那辆汽车已经开走了
她还站在那里，神情是呆呆的
山坡上的油菜花开得金灿灿的好温暖
风从村子那边吹过来
妈妈的呼唤亲亲的好温暖……

采 莲

采莲南塘
看采莲的小妹
在艳艳的阳光里
唱一支
关于水的歌

那一塘的水清亮极了
小妹的歌声清亮极了

小妹不乘船
小妹坐在一片荷叶上
小妹坐在如荷叶的采莲盆上

如一朵新莲的小妹
却要采一种成熟
那般轻盈
那般娴熟的舞蹈
充满一种
透人心扉的气息

移船相邀
那俏皮的小妹

却在一片荷叶里
藏了起来
把一串清脆的笑声
幻变成无数片花瓣儿
撒得满塘都是

采莲南塘秋
莲花过人头
小妹，小妹
让我到何处去寻你

樱桃开花的秘密

春天里
那女孩一直站在
那棵树下
唱着一支
有关爱情的歌

那女孩很美
她的歌声很美

沿着那一条山野小径
一路寻去
一路寻去
那女孩却又走了

留下了那棵樱桃树
那树上的果子很美

随手摘下一颗
放进嘴里
我的朋友说是酸的
我不明白
同一棵树上的果子

因何会不一样呢

把那颗果核
放在舌根下面
那里水分充足
温暖湿润
一片江南气候

有一种启示
让我猜出了
那女孩的藏身之处
当我刚要张口
那棵果核便跳上舌面
使我一直无法说出
樱桃开花的秘密

秋天的故事

谷子收割完了
一垛一垛
堆在场上

原本很丰富的土地
却突然变得单调起来

而这时
你总会看到
一个孩子
在空旷的田野上
走来走去
他的神情
有着诗人般的忧郁

他走得累了
就坐在田埂上
看着牛群
安详地吃草

一根牵牛的绳子
被遗弃在地上

他顺手扯了过来
那上面就开满了
一串蓝色的喇叭花

他把那花儿
放在嘴边
吹了吹
然后放在耳朵上
聆听着
来自土地深处的
那一种亲切的回声

不久
他就赶着牛群
远去了

从这一天起
北方的平原
开始下雪

望娘的日子

五月里
有一天
是出了嫁的女子
回家望娘的日子

所有的母亲
在这一天
脸上都笑开了花

柳丝软软
麦子黄芒
过了小满
就该开镰了

娘站在篱笆墙边
远远地看着
村边大路上
那些挎着花篮儿的女子
那些抱着孩子
或没有抱孩子的女子
全都花枝招展地
把歌声笑声

撒得漫天地都是

娘也是有过一个女儿的
那年中学毕业
就报名
去了新疆

在天山脚下
修水库
天寒地冻
又遇到了塌方
年轻的姐姐
就牺牲了

那里的人们
说她是烈士
给她修了一个
很高的纪念碑

娘知道了
把姐姐
小时候穿过的旧棉袄
抱在怀里
哭出了声

娘后悔

不该让女儿
到那么远的地方去
孩子还小
在家时
看到树叶上的虫子
还怕惊

从这一天开始
娘明显地老了
岁月的积雪
染白了头顶

人们都说
姐姐没有死
她的名字
传遍了四面八方
可不知为什么
这些年来
她就没有回家
看一看娘

每逢这一天
娘就站在
大门外面
痴痴地
看着远方

站得久了
我说：娘啊
回家去吧
当心累着
外面的风还凉

娘就低了头
用衣襟
擦着脸
说：什么蠓虫儿
迷了眼呢

只有我知道
娘的心里
在这一天
苦得很啊

种树的人

种树的人要出远门
娘出门送他
娘送他时
一面抬头看天
一面不停地看他

看天时
太阳是越升越高了
看他时
他是越走越远了

种树人走过一片洼地
那时正是初春季节
洼地里的冰还没有融化
种树人踏冰而过时
他的脚被划破了许多条血口子

种树人走上一道山坡
这才回过头来
向娘招了招手

这粗心的孩子

他哪里知道
从这一天开始
娘就站在大门前
长长久久地
看着他远去的地方
老人手中的那根拐杖
在一个雨后的日子里
终于也发了芽

沿着一条沙漠的边缘
种树人一路走去
在他走过的地方
出现了一道长长的绿化带

许多年过去了
连他自己都不知道
他种了多少树了

最终是
他把自己的一条腿
也当作一棵树
种在沙漠里了

关于他的事迹
被几个北京人知道了
那些北京人

千里迢迢
跑来看他

当他们看到了
沙漠里的那些树时
激动地握着他的手说
你真伟大
我们感谢你
是你种的这些树
保护了我们
远在北京的家

他不解地
看着那几个北京人
他不明白
北京离这里很远
他的树和那个
远在千里之外的城市
又有什么关联呢

是那群北京人
让他想起了自己的家
而一股思乡之情
烈火一般
灼疼了他

当他把另一棵树
当作腿
走回家乡时
娘已经过世了

娘的坟就立在
那片黄土高坡上
娘在世时说过
站在那里
出远门的孩子
娘能看见

想到娘很孤单
种树人哭了
就在娘的坟前
站成了一棵
流泪的树

牵牛的哥哥

架上的牵牛花开了
一朵连一朵
门前走过了
牵牛的哥哥
头也不敢抬啊
一脸炭火色
有心跟他说句话啊
他只顾低头走路
只是不理我

架上的牵牛花开败了
屋檐上落了一层雪
门前不见了
那牵牛的哥哥
我的心里
就像着了火
哥哥南方去打工
千里万里闯生活
外面的风寒啊
家乡的水暖
只愿哥哥
不要忘记我

牵牛花开了
一朵连一朵
门前走过了
牵牛的哥哥
不见牵牛走
只见骑摩托
打从村里走
牵着一路歌

牵牛花儿红啊
牵牛花儿多
藤蔓儿长又长
蔓过哥哥家
替我传句话
牵牛架下
让他等着我
有一句话儿
要对他说

戈壁马兰

列车西行
长长的旅途
能有一个朋友就好了
能有一个漂亮的女朋友就好了

少尉女兵唐莲莲
从小和我是邻居
一块儿上小学
在一个桌上写字

那一年
她父母闹离婚
撇下莲莲
成了野孩子

她白天饿着肚子上学
到了晌午
就到麦子地里
搓青麦子吃

天黑了
她坐在门槛上

进不了家

是我娘
把她接过来
给她做饭
给她洗衣服
给她梳理
那一头乱蓬蓬的黄头发

莲莲是个坚强的孩子
莲莲很少流眼泪
那一晚
她趴在我娘怀里
哭得好伤心

从那一天开始
晚上睡觉
她就睡在我娘的怀里
而我却睡在另一边

从此，我便有了一个
莲莲小妹妹

我们一起上小学
我们一起上中学
后来我考上了大学

她就上了军校当了兵

列车西行
长长的旅途
能有一个朋友就好了
能有一个漂亮的女朋友就好了

少尉女兵唐莲莲
在一个叫柳园的地方下了车
那是正是春天
这玉门关外的戈壁滩
正在刮大风

莲莲眯着眼睛
用她的小手扶着军帽
她扶着军帽的样子
像是严肃的敬礼
又像是热情的挥手

和莲莲分手的时候
我的心情很沉重
我是担心秀弱的莲莲
能否经得住
这狂暴的风沙

莲莲却笑了
莲莲是个坚强的女孩儿
茫茫戈壁
莲莲是一棵
美丽的马兰花

田园诗人

柳成林原本不叫柳成林
柳成林是他写诗用的假名字

柳成林写诗出了名
柳成林离开家乡进了城

柳成林住在一座十二层的大楼上
在大楼上继续写他的田园诗

那座楼离马路很近离鼓楼很近
就在这个城市的中心区

那座楼下有酒吧也有咖啡厅
都说咖啡那东西能提神

柳成林要熬夜，有时也去喝上一两杯
柳成林一边喝咖啡一边写他的田园诗

柳成林终于能喝出咖啡的香味了
柳成林终于能喝出咖啡的甜味了
柳成林的田园诗也写出了一种咖啡味了

柳成林出了本诗集就把它寄回家里去了
他爹看了以后说写的什么狗屁东西
就把它撕成了一条一条卷烟抽

在那楼上住得久了
接不上地气了，他患上了一种奇怪的病
他失眠了他抑郁了他感觉他的那片林子
一天一天就要枯萎了

那时候这座城市正在闹雾霾
雾霾沉沉连月不开
他焦躁了他痛苦了他感觉他的那片林子
一天一天就要枯萎了

人病的重了就开始想家了
思念家乡的土地思念家乡的水
思念爹思念娘思念那些乡邻好朋友

柳成林打点行装回乡来
那时正是三月阳春桃花开

村边的小河高树夹岸柳丝长
河水清清燕子衔泥一双双

柳成林只顾欣赏那一路好风光
过河时不小心把他的诗稿掉到水里了

柳成林把那些带有咖啡味的东西捞出来
摊在河岸上晒着一张一张又一张

谁家的新媳妇
坐在河边洗衣裳
一群鸭子在河里觅食
把水扒的哗哗啦啦地响

临近晌午天就热起来
柳成林想把那些诗稿收起来
谁知那些东西见水之后
便都生根发芽长出了一层一层绿叶子

一群花鸽子从村子那边飞过来
一声声牧笛从河那边飘过来
柳成林躺在河边的草地上
柳成林感觉到了有一种根一样的东西
正从他的身体深处慢慢长出来

黄瓜花

一看到黄瓜开花
我就激动
那种金黄的花形
那种清新的香性
总让人要想起
许许多多
童年的梦境

现在的日子好了
城市的蔬菜市场
一年四季
都有新鲜的黄瓜出售
吃黄瓜
已不再是
一件奢侈的事情

黄瓜多了
黄瓜的价钱也不贵
可不知道为什么
一见到黄瓜开花
一种特有的亲情
就在心里
潮水般地涌动

多情的葡萄

葡萄的成熟
一直坚守在
一个传统的季节里

或者是八月
或者是九月
或者是十月

像一个乡间少女
饱含了爱情的甜蜜
在喜庆的锣鼓声里
出门远嫁

现代的葡萄
自然也就有了现代意识
一种反传统意识
一种反季节意识
一种科学意识

这是五月
五月是北方的春天
春天里也有葡萄成熟

这对葡萄来说
应该是一种奇迹

这美丽的葡萄
这多情的葡萄
这勇敢的葡萄

又一茬葡萄要出嫁了
葡萄的家人
和葡萄一样
在一种巨大的喜悦里
送葡萄远行

小树戴顶纸帽子

小树戴顶纸帽子
不怕风吹
也不怕太阳晒

北方的春天
缺少雨水
那就不用担心
帽子会被雨水打湿了

这些小树
这些刚做了嫁接手术的小树
在纸帽子的掩护下
正在做着一个美丽的梦

北方的冬天是严酷的
北方的冬天是漫长的
北方的冬天是寂寞的

一个不甘寂寞的
北方农民
异想天开地
要创造一种树

一种不怕寒冷的树
让它在冬天
也能长出
翡翠般的绿叶子

他成功了
并且申请了发明专利
一个新的树种
就这样诞生了

这种名叫黄杨木的小树
据说来自于日本的北海道
在农民李安宁的培育下
在中国西北高寒带的土地上
它们以它们的方式
演唱着一种新版的
《北国之春》

制造梦的地方

留住春天
这是千百年来
无数诗人的
一个美好的梦
而创造春天
才是现代人的
高超的本领

人脑想到的事情
用电脑去完成
人说春天来了
几个美丽的女孩
用手指在键盘上敲敲打打
春天果真就来了
没有燕子领路，春天也来了
不见池头桃花开放，春天也来了

其实，这时正是冬天
这是一年中
最冷的那个季节
雪花纷飞
滴水成冰

可在那间宽大的育苗车间里
却是风和日暖春意正浓

在一条生产线上
几个育苗工人
正在育苗盘上
辛勤地播种
而在另一条生产线上
新生的瓜苗
正生长茁壮
绿意葱茏

科学就是创造奇迹
科学就是梦想成真

在这里
我还是第一次看到
西瓜和甜瓜
也能在架上生长
而那些黄色的红色的
以及紫色的彩椒
又会给人们的餐桌上
增添多少美丽的风情

人们常说

土地是金
土地是银
土地是庄稼人的命根根
而无土栽培技术
却向人们展示了
农业生产
无限美好的发展远景

这是一个
制造春天的地方
这里的人们
也同时在打造着
一个又一个
美好的梦

八月走西吉

通往西吉的路
是一条好路
新铺的柏油路面
平坦而又宽阔
人走在上面
很舒服

通往西吉的路
是一条山路
弯弯曲曲
经过了许多村庄

这是八月
山上的庄稼正在成熟
一片一片
闪耀着金子般的光芒

今年的雨水多了
庄稼的长势很好
丰收了的农民
把庄稼摊在路上
满怀喜悦地

翻晒着他们
那幸福的收成

在人们的印象里
西吉是一个穷困的地方
每年的夏天里
都会听到这样的消息
南部山区又遭灾了
整个春天没有落雨
土地都旱得冒烟了

于是，在政府的号召下
我们开始捐钱
我们开始捐粮
还捐一些压在箱底的衣物

日子一天天过去
已经有好多年了
我们再没有捐过什么了
可贫困的西吉
还一直压在我们的心上

现在的西吉
日子过得好了
退耕还林
山上的草木就多了

山上的草木多了
雨水也就勤了

通往西吉的路
是一条美丽的路
路边的山坡上
开满了各色各样的野花

时近晌午
学校里放学的钟声响了
一群孩子，欢快地
从路边走过
他们衣着鲜亮
跑着跳着
唱着笑着
快乐得像一群小鸟

看着他们
让我不由得想起了
"花儿与少年"
其实，那花儿并不是花儿
少年也不是少年
那是一首
歌唱幸福与爱情的歌儿

乡 情

这些年
聚财发了
聚财到城里打工
学会了盖房子
聚财是个精明的人
就成了包工头儿
学会了自己
承包工程

聚财有了钱了
回到家来
扒了两间旧草棚
在原来的宅基上
盖了一座小洋楼
真漂亮

站在那楼上
看得很远
整个村子
都在脚下了

乡亲们来看他

他就站在楼上
和他们说话
他怕乡亲们的泥腿子
弄脏了他家的木地板
他怕乡亲们的汗湿衣
弄脏了他的洋沙发

有一天
支书站在楼下
对着楼上喊着说：
村里要集资办学
乡亲们都捐了款子
现在该轮到你了

聚财说
我家没有娃儿上学
我捐给谁哩

聚财看着
乡亲们仰着脸
和他说话的样子
心里头就美得很哩

时间长了
乡亲们都不来了
有时在路上遇着

也只当没有看见
有胆大的
就当着他的面
指桑骂槐
说他为富不仁
有年长的老人
就指着他的鼻子
骂他的小名

聚财渐渐感受到了
小洋楼里很冷清
他家里有钱
但缺少的是
一种亲亲的乡情

乡情似水啊
乡情似土啊
离开了水土
是要枯死的

聚财决定
在家里设宴摆酒
花钱买情

筵席摆好了
聚财全家出动

从村西到村东
挨门去请

聚财家的饭菜香啊
聚财家的酒好醇
从日出到日落
竟没有请来一人
只有一群狗子
经不住肉香的诱惑
在门前出出进进

聚财寂寞了
聚财孤独了
聚财独酌独饮
聚财喝醉了
三天三夜没醒

雨　夜

那年秋天
稻子扬花了
我在农场
一个离铁路很近的地方
日夜不停地抽水

淅淅沥沥的小雨
一直下个不停
那一个夜晚
我听到有人敲门
凭一种感觉
我判断那是一个女人

曾经听人说过
在这个排水泵站
有一个年轻女孩
溺水而死

想到这些
我便把脑袋
往被窝深处
缩了又缩

门外的雨下得越来越大了
雨中的敲门声越来越急了
这让我想起一个
有关《聊斋》的故事
就去开了门

果真是一个女孩
只是在这雨夜
让她的样子
的确有些怕人

我背过身去
等她把衣服脱了
递给我，拧干
放到泵机发热的地方
慢慢地去烘烤

等我回转身来
她已经溜进我的被窝
她说这是第一次
感觉到
还有这么暖和的被窝
真舒服

我猜想

在这样的雨夜
走那么远的路
她一定是饿坏了

我支好锅灶
开始熬制驱寒的鱼汤

鱼汤熬好了
她便坐起身来
拥着被子
一口一口地吃

待她重又睡下
我便拿起那本《聊斋》
想从中找出
这女孩的身世

这时我才发现
这女孩真的很美
这女孩睡着的样子
真的很美

这一夜很短啊
这一夜又很长
天亮的时候
雨也就停了

她醒来
穿好衣服
红着脸说
真对不起
让你坐了整整一夜

我问她
你真是
从一本书里来的吗

她笑了
她说她来自
铁路北面的
另一个农场
因为回城
探望生病的妈妈
没有赶上回场的汽车
就沿着铁路走过来了

我问她
夜里走路
你不害怕吗

她说当然害怕
就是因为害怕

才到你这里来了
你的门前
有一盏温暖的灯光

天终于放晴了
她沿着铁路又走了
她临走时对我说
她还会再来
她喜欢军马场
这一套草绿色的军装

从这一天开始
我便把门前的电灯
擦拭得很亮很亮
让它的光芒
能照到很远很远的地方

在泾河源寻访龙女

关于故事中的
那条泾河
似乎已经断流
一群农民
在干涸的河滩上
挖沙子

河岸上的麦子
已经开始黄芒
今年的雨水不好
麦子长得有些瘦弱

我问一位老人
有没有看到
一个放羊的女子
她唱着一支
忧伤的歌
美丽而又动人

老人说
眼下都退耕还林还草了

羊都不让上山了
哪里还有放羊的人呢

我说那个放羊的女子
她不是一个普通的人
她是龙女
是从洞庭湖远嫁过来的
是一个漂亮的湖南妹子

老人抬起头
望着远处的村庄
想了一会儿，说
好像见过那个女子
那是个好女子
人长得好看
还会过日子
不过她那个男人
可不是个东西
他到固原城做生意
腰里有了钱了
心就黑下了
去年春天
就离了婚

我知道

老人说的
是另一件事情
老人生活在山里
他可能没有读过
《唐宋传奇》
自然也就不知道
那个名叫柳毅的
青年书生

天近晌午的时候
那群挖沙子的农民回去了
老人也回去了
老人临走的时候
还回过头来问我说
你是不是去看一看
那个女人

我谢绝了老人的邀请
我说我要到老龙潭去呢
我要找的
是那个传说中的龙女

老人叹息着说
老龙潭已经没有龙了
自从那年

龙王庙被人拆了
老龙潭的龙
就都搬家走了
要不然这泾河水
怎么能越来越少了呢

耕云播雨

这是一个梦
多少年了
一直萦绕在
人们的心中

每逢春天
种庄稼的人
就久久地仰望着空中
盼雨盼得
眼睛都红了

我原本就是农民的儿子
我的老家就在乡村
我知道一场好雨
和一季收成
对于一个庄稼人的
重要作用
对于农业的技术改革
是那样强烈地
牵动着我的心

在黄羊滩农场

广阔的田野
大型的喷灌机群
让我们看到了
现代化农业的
光辉前景

这是农历五月
再过几天
就是夏至了

麦子正在成熟
玉米还在抽叶
而苜蓿草
刚刚割过了头茬

辛勤的农工
在大田里劳作
他们用锄头
动了下庄稼的根部
说，该来一点雨了

于是喷灌机就走过来了
耕云播雨
已是心想事成的事情

清凉的雨滴

甘甜的雨滴
细细密密的雨滴
在田野上
织出了一层雾

你在雨的那边
我在雨的这边
一道美丽的彩虹
就架在我们中间

淋了雨水的庄稼
开心地笑了
淋了雨水的人
也开心地笑了

在我的记忆里
有一首歌
是这样唱的
"雨露滋润禾苗壮"
在传统的农业概念里
雨就成了
油一样贵重的东西了

第二辑　等待约会

春风缠绵吹过杏树

春风缠绵吹过杏树
甜言蜜语说了无数
待那花儿嫣然开放
——将真情吐露
它便悄悄离去了
离去了，再也不肯回顾
留待那花儿
在如泪的雨中憔悴
苦苦的相思里
结了一树酸涩的果子

一句话

一句话
被埋在心底
好多年了

若生根
若发芽
早该长成
一棵大树了

炎阳如火
你来乘凉
看那满树的果子
都长成心的形状

你渴了
摘下红透的一颗
一口竟咬出
无数个苦籽

失落的镜子

我失落的那枚镜子
不知何时失落的那枚镜子
我又找到了它
那上面积满了岁月的灰尘

我把它捧在手上
我发现镜子里的我
不知道什么时候变得美了
我感到了一种美的欣慰

我试着擦去那一层蒙昧
却又增加了一层羞愧
这镜子里的还是我吗
我怎么能是这一种颜色呢

珍珠贝

一粒沙子
无意中
跑到了
你的腹中

那是一粒铅弹啊
在你的心上
留下了永久的
伤痕

你把眼泪
吞进肚里
默默地
忍受着磨砺

终于
一颗珍珠
破壳而出
那是你
血和泪的
结晶

在我的心里
也曾有
痛苦的铅弹
射进

在苦难中孕育的
将是最美的啊

我坚信
将来的有一天
从我的嘴里
也能吐出一颗
闪光的珍珠

黄 鸟

那一天
看见一只黄鸟
飞进树里
一直没有出来

我在树下
等待了许多日子
黄鸟的歌声
很动人

在我转过身子的
那一瞬间
便发现树枝上
萌发出了
一个个
黄嫩嫩的鸟嘴儿

随意折下一枝
做一支柳笛
吹出的
竟是一声声鸟鸣

骆驼刺

有花
尽管不甚美丽
渺小
但并不卑微
在远行者的眼里
无异于一杆
胜利的旗

或许因为简单
才生活的坚毅
正因为渺小
才无所畏惧

温情中藏有千百根矛槊
警告一切挑衅者勿使轻薄
尊重我，也尊重我脚下的土地

太阳花

你这美丽的
太阳的小女儿
在这黄昏的沙漠里
仰起一千个温情的笑
让我的整个记忆
都充满了金灿灿的
太阳的色彩

蝴　蝶

一只蝴蝶
飞了很远的路
来寻一朵花啊

蝴蝶落在花上
蝴蝶也成一朵花了

一阵风来
蝴蝶飞走了
而那朵花
却在风中
快乐地颤动着

那情景
让我想起一个
传统的爱情故事

我便想追上那只蝴蝶
问它，刚才对那朵花
都说了些啥
还有另一只蝴蝶
到哪里去了呢

一个少年和一树桃花

走在山野里
天下着雨
那蒙蒙的细雨
如酥如露

一株山桃
立在路边
当我走过时
她便用一根枝条
扯着我的衣角
让我在她的身边
站了很长一段时间

或许这是一种暗示
可我却总也没有听懂
那一种树的语言

而我还是感觉到了
在那小小的花蕊里
有了一种
清清甜甜的气息

花
原本就是用香气
来表达感情的啊

很多年了
那一树桃花
依然在我心里
艳艳地开着

下雪的日子

一只鸟
蹲在树上
天下雪了

一个
着红装的孩子
站在树下
天下雪了

那只鸟
是只老鸟
望着那一天的雪想
这是今年的第一场雪
以后还会有很多场

那个孩子
是第一次看到雪
在他的意识里
雪一定是甜的
雪糕不就是甜的吗

那只鸟

心事重重
这雪再下大了
觅食就成了问题

那孩子
不了解鸟的心事
只是想
这世界真美
往后的日子
还会更美啊

走出绿荫

人们都说
那树很好
有一树好果子

人们都说
那树很大
有一片好荫凉

有人走了很远的路
来投奔这棵树了
有人慕名前来
只是为了能亲眼看一看这棵树啊

那么想走出这棵树
一定是很难的了
那么要走出这棵树
一定是很难的了

可树的经历
并不是你的经历
树的荣耀
也不是你的荣耀

走出绿荫
用你的背包
多装些树的种子吧
沿途播撒
你前进的路上
就会多一种快乐

走出绿荫
用你的手
多采些绿枝吧
沿途插栽
你的生活中
便会多一种幸福

鱼尾纹

你站在水边
看河
而另一个你
则站在河里
看你

天很蓝
水很蓝
河边的
马莲花很蓝

一尾红鲫鱼
穿透岁月之水
也穿透你

因你而来
又因你而去
或许是一种缘分

那一条鱼
从你眼中游走时
却把两条鱼尾

留给了你

逝者如斯
让你感受到了
一种成熟

另一种艺术

坐在理发店
那乳白色的转椅上
任那女孩
在你头顶上
尽心雕琢

你闭上眼
便听到
一种机械
行走在
麦子地里的声音
清脆而愉快

而一阵阵和风
很轻柔
带着栀子花的香味
似乎正从远方的
田野上吹来
让人沉醉

等你一梦醒来
像经历了一个季节
你会吃惊
连你也不认识你了

最喜山中五月天

最喜山中五月天
到了五月
我就要回到山里去
想起沿途
我将看到
许多熟悉的村庄
和熟悉的人

紫丁香是盛开了
那山中的紫丁香

我走路
我不走大路
山野里的小路才好呢

最好是一个雨天
那细细织着的小雨才叫美呢
那遍野的山花才叫美呢

转过一个山弯
天空逐渐明朗起来
便有山莺用歌声唤你

便有紫丁香亲亲迎你

把一腔爱藏在心底
把一腔情开在枝头
爱有多深
花有多浓

被一首山歌召唤着
到了五月
我就要回到山里去
想起沿途
我将看到
许多熟悉的村庄
和熟悉的乡亲

一种亲情
如潮水
淹了我的心

好 鸟

门前有一棵好树
树上有一窝好鸟
鸟的歌声很好听

好听的声音
听得多了
也有烦的时候

有一天，那棵树被人买走了
窝没有了，那鸟儿也飞走了

从此，总感觉
这日子变得没有味道了
有一种东西丢失了
再也没有找回来

青春的额头又鲜又亮

那两粒汗珠
似两个活泼的孩子
从一片黑森林里跑出来

它们走过的地方
有两汪纯净的潭水
一个在左一个在右

青春的额头又鲜又亮

一个说：这地方很美
我就住在这里吧
另一个说：我要到远方去旅行

说着说着
就飞身跃入脚下的土地
于是这土地上便开满了
豆蔻之花

这时就有两片云飘过来
星星点点洒下几滴小雨

青春的额头又鲜又亮
那村女的锄头锄豆不停

一棵树在前方等你

大姐你是说过的
你说世上有一种树
那上面的果子是红色的

我问是甜的吗
你说长大了你自己去摘吧

大姐你长大了你就出嫁了
我问你是去寻找那棵树了吗
你笑了，你没有说话就走了

过了一年又过了一年
大姐你回来了
你瘦了，你脸上的那两片红云
不知道飞到哪里去了

我问大姐
那树上的果子好吃吗
大姐笑了，大姐的眼睛里
溢满了难解的泪花

这是秋天

秋天是收果子的季节
谁也猜不透命运中的那棵树
结出的果子
又会是什么味道的呢

有缘相会

从电影院出来
一个女孩
挽着我的手臂
走了很长一段路

电影是一个
令人流泪的故事
她低着头
只顾说着心中的感动
她的话里
有一种芬芳的气息

这是一个男孩
第一次被一个女孩挽着
我不想说
是那部电影
和这正午的太阳
让她犯了一个小小的错误

殊不知
人生里会有很多过失
是很美好的啊

她果真就红了脸
她那羞涩的样子
好动人

这些年来
我一直忙于读书
对于那女孩的事情
也就忘记了

有一天
一个上了年纪的老人
把我从一本书里拉出来
说要带我去见一个人

那是一个女子
她看见我脸就红了
她那羞涩的样子
既熟悉又陌生

生活的世界真大
而人生的道路
却条条相通
在一个交叉点上失去
总会在另一个交叉点上重逢

而缘分这东西
如一条线
扯不断也说不清

一棵倒向河面的树

那女孩在河边上
奔跑着去追逐一只蝴蝶了
她自己却不知道
她奔跑着的姿势
也是一只蝴蝶啊

她跑过那座小木桥时
木桥很滑
她失足掉进了河里

她不会水
她拼命想抓住水
水很软
水原本就是抓不住的东西
她绝望了

这时　有一只手
向她伸过来

她抓住那只手
回到了岸上

回到岸上她才发现
救她出水的那条手臂
原来是一棵树的枝条

以后的很多年
她常常到这里来

她很伤心
那棵树
一直没能再站起来

落花生

天热热的
一场雨后
便有一群豆蔻之花
在一阵阵
神秘的律动里
纷纷跌落

那是一种
美好的跌落
那仪式
让所有的女孩儿
在远嫁的那一天
都慌喜喜地
去迎接
一种新生

把一颗丰满的心
埋进湿润的土壤
祈风祈雨
以求把一种根
深入一个
多情的季节

牵牛花

你原本
是小草一棵
为了寻找我
便不停地攀援
——可爱的
我不在那竿竹上

你原本
是小草一棵
为了寻找我
便不停攀援
——可爱的
我不在那棵树上

找不见我时
你便开花
开出喇叭
缠绵地唱着
一支情歌

那时
我正站在你的身边

当你向上攀援时
又怎能看见
一个并不高大的我呢

等待约会

把自己的心掏出来
装在一个精美的信封里
寄上走了

他想
没有心的日子
或许会更好过些

可这些天
他总站在门前
痴痴地望着
远方的天空

从春到夏
他等得很苦
可那只青鸟
一直没有消息

一个秋天的早晨
天很凉了
他发现自己的头顶上
结了很厚的一层霜

他用尽气力
想掸掉它
最终却发现
那是白费力气

他很难过
开始收拾行装
去寻找那个
负约的人

当他翻看
一本旧书时
却惊呆了

他弄不懂
那封信和那颗心
因何会在
这本书的深处
隐藏了三十余年

第三辑　诗童话

有雪的早晨

清晨，我打开
两扇大门
哎呀，我看到
天下雪了

那些精巧的冰凌花儿
使天地都变得美了
就连门前的老槐树
也能讲出一串串透明的童话

我看到
小慧的脸儿
桃花瓣儿样地红了
我不知道
我的脸的颜色
从小慧的眼睛里
我找到了一个从没有过的笑

我跑到河边
用一根柳枝儿
把一行字
写在雪地上

用不了几天
太阳会把我的真诚
送进大地妈妈的怀里
春天的时候
那里将开出一朵朵马兰花
那就是大地妈妈
给我的回信了

蒲公英

妈妈的奶是白色的
蒲公英的奶也是白色的

妈妈的奶是甜的
蒲公英的奶却是苦的

妈妈给我的小伞是红色的
蒲公英的小伞却是白色的

冬天来了，我穿上了厚厚的羽绒服
冷风里我听到了一声声唏嘘

是它们在流浪吗
这一群风和雨孕育的孩子

雨 夜

刚下过雨
夜，湿漉漉的
能拧出水来

爸爸到外地出差
妈妈上夜班
还没有回来
不知为什么
又停了电

我用毛巾被
蒙住眼睛
我怕，怕那个
偷了我的小金鱼的绿眼猫
和那个叫不出名字
说不上是什么样子的
黑脸魔怪

我突然想起
在我的那个百宝箱里
还有半截蜡烛头儿
和几根火柴

短短的黑色跑道上
划出了一串火星
火星又爆出一片光彩
多绚丽的光啊

啊，我成功了
我照亮了夜
并使它燃烧起来

田野上的小路

田野上的小路
这一条开满野花的小路
似一根绵长的银线
从我家门前伸出
一直走的很远很远

清晨，我去上学
沿着那座小木桥
到小河的那边
我的家离学校很远
过了河还要翻一座山
每当这时候
妈妈就站在大门前
像放飞了一只风筝
慢慢地松动着
心上的线

有时，我到山里去砍柴
即便是天黑了
我也不会迷路
因为，妈妈正站在门前
收拢着这长长的线

如今，我长大了
但总也忘不了
那条乡间小路
那根银白色的线
它把我和妈妈的心
紧紧牵连
多大的风
也不能把它刮断

窗花里的童话

不知什么时候
是什么人
在这玻璃窗上
画出了一座
美丽的城

这里的芭蕉树
银白色的叶子
直指向天空
还有剑麻
还有兰草
在一条小溪旁边
一只梅花鹿
正瞪着一双
美丽的大眼睛

一片大森林里
有一座水晶般透明的宫殿
那个骑马的少年
是快乐王子吗
还有白雪公主
正旋转着洁白的百褶裙

啊——啊——
这又是谁再唱歌啊
莫不是小人鱼的歌声

那歌声
像鸽子的翅膀
欢快而又动人

啊——
啊——
是我家对门的那位
患了白血病的小倩姐姐
正开着窗户练嗓音

啊，太阳出来了
多么亮，多么红
映红了一个童话的世界
映红了一个美丽的梦

在河边，我栽了两棵树

在河边
我栽了两棵树
湿湿的草地上
种下了一颗心

鸟儿在树上唱歌
风儿在树上弹琴

我们是三个好朋友
我们要一块儿长大
永远也不分离

不过，天太晚了
我该回家了
明天早晨，我会来
把妈妈给我讲的故事
说给你们听

你眼睛里有两只快活的小鸟

你眼睛里
有两只快活的小鸟
到了晚上
你闭上眼
那两只小鸟
藏在里面
睡得好甜

一大早
你醒来
一睁眼
那两只小鸟
就想飞

飞到树林里去啊
飞到蓝天里去啊
飞到远山上去啊

那两只小鸟
真美丽

入学第一天的故事

第一次领到新书时
一年级的小学生感到很新奇
他们很快地翻动着书页
翻动着那些彩色鲜艳的图画

他们激动地拿起又放下
要求妈妈
找一张漂亮的画报
给他包一个
漂漂亮亮的花书皮

但最终还是把它们
装在一个双肩书包里
像装一盒营养饼干那般惬意
在以后的日子里
就着瓶装奶慢慢吃

坐在课桌后面
他们把手也放在后面
身子挺得笔直
那颗蹦蹦跳跳的心
也只有在这时刻才变得安分了

爱听老师的表扬
尽管接受表扬时还脸红
提着小水桶去浇花
也浇湿了自己的小鞋子

可以不听老爷爷的传说了
但不能不听老师的话
老师的话很香很甜
有时候还有点儿像
麻辣烫

阳光雨露禾苗壮
他们自信会很快拔节
会很快长成大个子

这就是一年级小学生
入学第一天的故事

一年级小学生的郊游活动

一年级的小学生爱上体育课
也爱到郊外去远游
他们看着远方的山
便开始有了幻想
什么时候能攀上那座积雪的山顶
去追赶那一只在云彩里飞翔的雄鹰

这样想着，他们
就奋力再奋力地往前走
脚板上打了泡也不吭气
这些家庭里的"小皇帝"
表现得坚强又勇敢

他们把音乐老师教给的歌子
一路走一路播撒
那些歌子落在草地上
便生根发芽
于是在他们走过的地方
便开出了一串串
吹着小圆号的喇叭花

他们把双肩包腾空了

就装了些彩色的石子回去
就装了些好看的树叶回去
就装了些美丽的花籽回去

最珍视那些花花草草的名字
一路摇得叮叮当当地响
回家来把它们种在
阳台上的花盆里
用不了几天
那里就会长出一棵棵
带绿叶子的童话了

丢失的太阳

早晨
那女孩
跑到门前的草地上
把一个太阳
装进镜子里
又用心爱的花手绢
包好，放在枕头下

到了晚上
女孩哭了
说：妈妈
我的那颗
装在镜子里太阳
不见了

小　鸟

那一天
我在爷爷的果园
写一篇
关于鸟的作文

果园里
有好多种鸟
有会唱歌的
有长着花羽毛的
真好看

我看得入了迷
就忘了
那一个鸟字
是怎么写的

这时
就有一只鸟儿
飞到我身边
让我照着它的样子
画在了本子上

爸爸看见了
就在那鸟身上
打了一个大八叉
生气着说
你写错了
这不是鸟

我明白了
爸爸的那只鸟
是在字典里作窝
不会唱歌
也不会飞的
笨鸟啊

为了那条红围巾

那时候我还小
上小学三年级
那时候我就爱上了你
我敬爱的小芹老师

你那时真美
你的歌声很美
你的舞蹈很美
你脖子上的红围巾很美

那是一个冬天
那个冬天很冷
西北风像把小刀子
扎的我的脸好疼好疼

放学时你把那条红围巾
围在了我的脖子上
那暖暖的香味
好醉人

尊敬的小芹老师
我想亲亲你的脖子

我想亲亲你的脸
我想亲亲你的红围巾

为了那一条红围巾
我故意在雪地里
冻了十分钟

后来，我就病了
发烧，咳嗽，头很疼
美丽的小芹老师
你又一次用那条红围巾
裹在我的身上
背着我
走了十几里山路
去看病

那时，我就亲了你的头发
亲了你的脖子
亲了那条红围巾

我亲了你
我又哭了
想起去世的妈妈
我是第一次
亲了一个
像妈妈一样亲的人

过去的日子
过去了许多年
为了那一条红围巾
我又回到了我的小山村

那是一个秋天的早晨
银色的霜
染白了你的双鬓
你依然是那样的美啊
眼角上多了几条鱼尾纹

那一时，我哭了
止不住的眼泪
打湿了衣襟

我又一次
亲了我的老师
亲了一个
像妈妈一样亲的人

我和爷爷捉迷藏

在爷爷的果园里
我和爷爷捉迷藏
东躲西躲
爷爷总能找到我

我急中生智
躲到一棵苹果树上
我开花我结果
让爷爷来找我

爷爷从树下走过
他的脑袋
碰疼了一个大苹果

爷爷累了
想摘一个苹果
解解渴

我急忙大声喊着说
爷爷，爷爷我好疼
你咬了我的小脚丫了

小雨点儿

一点儿两点儿
落在河里
画一个圆圈儿

风来了
雨来了
妈妈还没有回来
妈妈送富生回家了
富生也是有两条腿的
富生的腿是不能走路的

早晨
富生的爹
牵一头驴子
让富生骑着
来上学

放学了
天要下雨了
富生的爹没有来
富生家今天插稻秧
他爹忙，没有来

一点雨
两点雨
落在门前的树叶上
沙沙响
打在我的心上
沙沙响

妈妈送富生回家
要趟水过河
河水浅浅
河上没有桥
雨要下大了
河里的水
就会长起来

真想有一把
大大的大雨伞
把一天的雨水
都接住
等妈妈回来
再放开

一点儿
两点儿
落在地上
开了一片花儿

无标点快车

我写作文
总忘了写标点
不是忘了
而是嫌麻烦

那一天
是个中午
我又写好了
一篇作文
就趴在桌子上
睡着了

这时候
就听到窗户外面
有人叫我的名字
说学校组织春游呢
让我快去火车站坐车

我急忙收拾行装
一路疾跑
到车站时
已是满头大汗

绿地文学丛书

在那桃花盛开的地方

正好班长李明明
正等候在那里
班长说
这是无标点快车
请上车吧
包你一路平安

火车飞速向前
走了半天
竟没有一个停靠站

我问班长
班长说
不是说了嘛
这是无标点快车
没有标点
自然也就没有停靠站

班长的话还没有说完
我有一泡尿
正憋在肚子里面
我说：报告班长
我想方便方便

班长说

这趟车没有厕所
实在憋不住了
那就委屈一下吧
尿在裤子里面

啊？我都四年级了
还尿裤子
这实在让人难堪

我希望能有一个逗号
或者一个顿号
我知道
那个该死的句号
还远在天边

我开始后悔
为什么写作文时
总忘了写标点

火车终于慢了
火车终于停了
有几块巨大的石头
挡在路轨中间

原来那是几个错别字
写错了

就用铅笔
涂了几个大黑团儿

班长说
快把橡皮拿来
把那几个拦路虎消灭了
火车才能继续向前

乘这机会
我急忙跳下车
找了一个隐蔽的地方
开始方便

哎呀，不好
我怎么真的
就尿在了裤子里面

打那以后
我写作文
再也不敢忘了
那几个小小的标点

仙人果

那棵树生长在高山上
那山很高
有很多色彩绚丽的云

那棵树在春天里开花
在秋天里结果子

世上的人们
都传说那树上的果子
是红色的，一颗颗
都长成心的形状

据说这神秘的果子
是可治百病的

一个哑巴孩子
走了很远的路
来寻找那棵树了

他让一只猴子
攀上了山崖
那富有灵性的小东西

把两棵果子
叼在嘴里
不料想下山的时候
却摔伤了

孩子哭着
抱起了猴子
把两颗果子
带回了家

一颗孝心
医好了妈妈
那神秘的果子
让那孩子
也能开口讲话

会开花的笔

春天里
父亲在河边
给麦子浇水

他就要去上学了
上学需要一支笔

父亲在河边
折了一根树枝
给他，说
就用它写吧

从此，每当放学回来
他就趴在河边的沙地上
写他刚学过的字
河滩写满了
天就黑了

夜里，河水会涌上来
擦去那些字
等着他

他的第一篇文章
就是用这支笔写成的
他的许多篇文章
就是在这里发表的

他长大了
要出远门了
第一次离开家
那一晚，他在河滩上
坐了整整一夜

临走时
他把那支笔
插在了河滩上
正是春天
那支笔
果真就发了芽

发了芽的笔
又长成了树
每年的春天
都会开出一树
好看的花

村里的孩子
都来到树下

用它的枝条作笔
在河滩里写字作画

小村很小
小村的孩子
却都志向远大
小村很丑
小村的孩子
都锦心绣口
笔头生花

第四辑　讽刺与幽默

酒的幽默

那个人
把一坛子的老窖
全灌进了肚子
然后把坛子放在地上
说：长
那坛子果真就长大起来

他醉意正浓
就跳进坛子
做了一个成仙得道的梦
三天三夜不醒

他那位小巧的婆姨
——一个辣味很浓的四川女人
突然想起要用那坛子
腌制一些过冬的咸菜

他那儿子
就抱了一块石头
演出了一场
"砸缸"的游戏

缸是砸破了
流出的是酒而不是水
源源不断

儿子喝了一碗
儿子也醉了
抱着他的脖子
说老黑老黑
你吃 X 去

老黑不是人
是一条狗的名字

赌　徒

赌徒的手颤抖着
从牌桌上撤下来
饥饿的肚子
就呼喊起来

女人的饭还没有做熟
他一掌打在桌子上
（其实这一掌是朝自己脸上打的
他妈的，今天的手气真臭）

桌子里有一颗血性很足的钉子
愤怒至极，向上一窜
扎穿了他的掌心

他很疼
但却移不开那手
任那血
在桌面上流成了一条小溪

见了血的女人
立时慌了手脚
只好捉了唯一的一只母鸡

换得一壶酒来

赌徒笑了
笑自己这一庄
算是真的赢了

带枪的人

有的人
把枪拿在手上
有的人
把枪藏在心里

手中的枪
用来猎鸟
心中的枪
用来打人

猎鸟的枪
打中了
鸟却又飞了

打人的枪
没射中
人却受了伤

飞走的鸟
终于死了
受伤的人
活着比死了还难受

最容易流血的
也最容易愈合
最不容易愈合的
是那些不流血的伤

阿 Q 教子

自从那次
遭了小尼姑的
一顿臭骂
阿 Q 头顶上的秃疤
红了许多日子
他发誓一定要找个女人
"断子绝孙"
是万万不行的

过了一年又过了一年
他果真就结婚了
娶的是吴妈的妹子
当然，那善良的吴妈
是他的介绍人

不久，阿 Q 就有了儿子
因是独生子女
阿 Q 就看得十分珍贵

那孩子颇得阿 Q 的遗传
头顶依然是秃
依然秃着一块红疤

孩子刚学说话
他就教他骂人
（骂的当然还是
那一句国骂）

孩子还没有上学
他先就教会了打架
（他妈的，王胡的那一顿羞辱
让他一辈子也忘不了）

阿Q望子成龙
他把儿子举在头顶
他给儿子当牛
他给儿子作马

儿子一天天长大
他羞于和阿Q为伍
竟然不认他这个爹了

他很生气
一张口
喷出的是一串鸟语
一动手
身上的羽毛便纷纷脱落

那秃头儿子
便拾起这最后的遗产
做了一件羽绒服
穿在身上
又一次进城去了

名人的烦恼

从一本书里走出来
从这座城市
最高层的大楼走出来
走向街头的灯箱
走向广告牌

很多人认出了名人
他们蜂群一样拥过来
他们要求和名人照相
他们要求名人签名
名字就签在书上
名字就签在本子上
没有书没有本子
名字就签在T恤衫上

据说名人吃过草根
据说名人吃过树皮
据说名人小时候
就睡在马槽里

山上的树自然长在山上
山下的树自然长在山下

山上的树有粗也有细
山下的树有高也有低

名人出身寒门
但名人终于成了名人
名人家的胡萝卜
被当成了人参
名人睡过的马槽
也成了圣物
成了博物馆的珍藏品

名人乘车出行
不甚出了交通事故
于是便有几家小报
争先发出了
名人以身殉职的新闻

人们为名人惋惜
人们为名人伤心
天南地北的亲朋好友
都发来了悼念的电文

名人经不住这样的诅咒
名人真的病了
名人住进了医院
医生不相信名人

医生说名人死了
医生说名人是冒充名人
弄得名人很是郁闷

名人不善饮酒
人们开始怀疑名人
说不会喝酒的人
怎么能够成为名人

名人在公园里散步
旁边走过
一个漂亮的女人
于是社会上便谣传
名人有了婚外恋了
弄得名人好烦心

名人是这个城市的一张名片
名人是人们心中的偶像
名人原本就应该
是一个品行高尚的人

如今的名人
成为"流氓"了
有人说名人
欺骗了人们的感情
于是就把名人

告上了道德法庭

名人很苦恼
名人走到河边
不小心掉进了河里
一个钓鱼的老者
把他捞上来说
你一身官司
跳进了黄河
又怎么洗得清呢

危机之感

那些日子
总看到一只兽
要躲在树上
躲在树上就安全吗

树下的人开始挖陷阱
树下的人太多
树下的陷阱太多

那些日子
总看到一只鸟
要藏在地下的洞穴里
藏在洞穴里就安全吗

地上的人们
开始张网罗
地上的人很多
地上的网罗很多

飞鸟尽
良弓藏
狡兔死

走狗烹

走狗是烹了
可良弓依然拿在手上
人开始为人挖陷阱
人开始为人织网罗

猎人和鹿的爱情故事

一位年轻的猎人
在山里
看见了一只小鹿
看得熟了
就放出了一支箭
射中了它

那只小鹿
便带着那支箭
仓惶跑去

寻着点点血迹
年轻的猎人
一直追到了海边

海很大啊
海很深啊
小鹿在跃向大海的那一瞬间
悲哀地回过头来
竟然就变成了一位美丽的少女
谁又能想得到呢

后来那位少女
就嫁给了猎人
只是不知道
他们的婚姻
是不是幸福

可那只箭头呢
一定还藏在身体
不知什么地方
每逢阴天下雨
便会隐隐作痛

孟姜故事新编

孟姜家的小女儿
美丽又贤惠
自从那次在河边
她的手臂
被范家的小子拉了
她就决心要嫁给他

无奈那小子
重利又薄情
新婚不久
就去了北方
在一处著名的旅游景点上
重修一段倒塌的旧长城

孟姜独守空房
孟姜思君情重

秋天到了
树叶飘零
南飞的雁群
结伴远行
唉唉的叫声

让她的心
倍感冷清

于是，她便在灯下
飞针走线
为她的范郎
做过冬的衣裳

棉衣还没有做成
那范家的小子
就回来了

让人伤心的是
他回来时
连一句温情的话也没有
只知道喝酒
喝得醉了
就趴在桌子上
继续修他的长城

孟姜养蚕
孟姜纺纱
孟姜到集市上
去换棉花

日子日趋艰难

可那范家的小子
为了偿还赌债
把房子也卖掉了

孟姜哭了
有多少眼泪
直流到春
直流到夏

那年的雨水很多
那年的雨水很大
那年的秋天
孟姜随着一群南飞的大雁
偷偷地离开了家

交谈方式

和你交谈时
总会听到一种
开门或关门的声音
或远或近

那是两扇能刮风的门
那是两扇能走水的门

那是两扇上着锁的门
那是两扇插着花的门

想打开那两扇门那就叫阿诗玛来吧
让阿诗玛带上山茶花来吧

阿诗玛是我的
阿诗玛也是你的

有阿诗玛在
要办的事情
就好办多了

阿诗玛，阿诗玛
是一种名牌香烟

勇敢的黑卒

那一个
身着戎装的卒子
在过河之前
狠喝了两碗
杏花村的陈酿

这家乡的美酒
是能壮胆的
且过河之后
很可能再也喝不到了

过河的时候
一群汉子
扯着嗓子唱道：
"风萧萧兮易水寒
壮士一去兮不复还"

于是趁着那一身豪气
连夜渡过河去
一路杀来
把一把青萍宝剑
直逼到老"相"爷的脖子上

只听得那老头儿一声断喝

小子且慢动手

吾是你爹

已在这里卧底多年

专候汝等前来

吾当里外呼应

（一阵哄堂大笑

把人们从棋局中惊醒

老王经济问题严重

现已停职检查

棋盘上的常胜将军

再难呈当日威风）

桥的传说

很多年前
这地方不长庄稼
没有谷物
他走到这里
拔下自己的头发
插在地上说应该有谷了
于是那些茂密的头发
便生根便发芽
长出了满山满坡的金谷子

（可他的头顶
是越来越荒凉了）

那时候这地方河水很大没有桥
没有桥就没有路
河这边河那边虽近在咫尺却不相往来
他拔下自己的牙齿
插在河里说应该有桥了
于是那些牙齿便长大长成了桥墩
一颗又一颗

牙齿没有了

好多日子
他吃不了东西只能喝水
后来他就倒在河里
他的那些牙齿
便撑起他伟岸的身躯化成了一座桥

（传说中造桥的那人
就是我们的老祖先）

时间过了一千年又是一千年
有一个聪明人
发现了这桥下的沙土里有金子
于是很多人不种庄稼了来淘金
很多人为了淘金打架流血
闹出了很多人命案
也有很多人腰里揣了金子发了财

（那些所谓的金子
其实就是我们的那位老祖先
留下的血留下的汗
那些金子凝聚着老祖先的英灵
这些不肖子孙一点也不珍惜）

那座桥
一天一天被掏空了

有一天夜里大雨如注
有一个声音从河那边传过来
人们都听到了可谁也不肯说
第二天人们赶到河边时
才发现那桥已经崩塌了

从此两岸断绝了来往

悬 念

探险家果真登上那一座高峰了
探险家高兴极了
高兴之余却忘记回去的路了

事情实在是太糟糕了

惶惑之时探险家发现了一根藤条
那根藤条很长很长
探险家借助了那根藤条
向一座更高的山峰攀去

当他攀上那座悬崖的时候
却奇妙地昏迷了九十六分钟
一只崖鹰把他从昏迷中啄醒
他突然发现他一生所寻找的东西
竟然都刻在这石壁上了

一万年前的那一个人
用一种神秘的符号把他点醒了

探险家回到城市后
便把自己关在屋里

开始写他的论文
他自信他的发现
远胜过那一只
神话中的诺亚方舟

就在论文写成的那一天
由于过于兴奋他喝了很多的酒

那一夜
从天空里飞来了一团火球
然后是一声巨响
把他和他的那篇论文全部烧毁了

他的一个同事
从浴缸里捡出了一个纸片
辨认了一番说
人类有了一个重大的发现
但又失去了

婚姻线

那孩子没有了父母
但却有一个好邻居
那邻居懂得"麻衣手相"
能预知天上地下很多事情

有一天那邻居拿起他的手摸着说
他的婚姻线很长很长
三千里外有一个女人在等他
那是他的婆姨很漂亮

这话说着说着他就相信了
为了去寻找那一个女人
他卖掉了地卖掉了房子就上路了

他走过米脂那地方
看见一个绣花的女子
站在山塬上对着他唱道：
你若是我那哥哥哟
你就招一招手
他没有招手他不是她的哥哥
他计算着那条婚姻线还很长

他走过了很多日子
就走到了长城的边上
一个牧羊的姑娘
站在草地上对他唱道：
哥哥你走西口
小妹妹真情把你留

他很感动他却没有留下
他算着了那一条婚姻线还没有走完

那一条婚姻线没有走完
可身上的盘缠却花完了
他望着长城外那一望无际的大漠
大哭了一场又原路回去了

没有了房子他只好住在邻居家里
那邻居有一个女儿
不算美不算丑很是喜欢他

那邻居是个瞎子
那女儿却有一双明亮的眼睛

中国寓言

寻找女人的人
走在路上
看见一条蛇
被冻僵在雪地上的姿势
很优美

他就把它拾起来
放在怀里
暖着

一个农夫走过来
说：从前有个人
像你一样
救了一条蛇
后来他就被蛇咬伤了

寻找女人的人说
很多年前
也有一个人
在西湖那地方
遇到了一条蛇
那条蛇变成了女人

和他成了亲
还生了一个孩子
只是后来出了一个
多事的和尚
让他们离了婚

寻找女人的人
走在山里
遇到了一只
受了伤的狐狸
就把它藏了起来

一个猎人说
狐狸那东西
做了很多坏事
也很会迷惑人

寻找女人的人说
我从山东来
我有一个老乡
名叫蒲松龄
他给我讲了很多
关于狐狸的故事
读过《聊斋志异》那本书吗
那里面的狐狸
都能变成女人

年轻美貌
且善解人意

中国的寓言太多
中国的故事太多
不知道哪一个
更可信

第五辑　迟开的君子兰

情满颐享园

我们小的时候
是爸爸妈妈挽着我们
学会了走人生的
第一步

如今我们长大了
翅膀硬了
就像燕子一样飞走了
就像雏鹰一样飞走了
理想越高
便飞得越远

而爸爸妈妈呢
爸爸老了
妈妈也老了

人一上了年纪
就害怕孤独了
总想着身边能有个人
陪着他们说说话就好了

人老了

腿脚就不方便了
走路也不稳了
总想着身边能有个人
扶一扶他们就好了

一想到爸爸妈妈
为我们操劳了一生
我们的心里
就难受得不行

有了颐享园就好了
颐享园是老年人
颐享天年的好地方

那些为了革命事业
奋斗了一生的爸爸妈妈们
那些在土地上
劳累了一生的爸爸妈妈们
到颐享园来了
到了颐享园
就像到了家了

颐享园里环境很美
颐享园里亲情很美
在颐享园里我看到
我们的老爸爸老妈妈们
生活得幸福而又安详

李白看河

一条豪华的游艇
载着一群诗人
行走在十里
青铜长峡
让诗人感受
两岸青山
相对出的惊险

青色的石壁上
一樽白色的石头
浮雕一样
生动得
让人浮想联翩

一个女孩
向诗人们提示说
那就是"李白看河"
和"天书阁"的景点

一群诗人
望着另一位诗人
咦吁兮

发出一连声的惊叹

看那一个诗人
身着长衫
头戴仕冠
果真是那么潇洒
果真是那么浪漫

李白是南方人
他的大半生
都在游历着
南方的名山大川
他来没来过这青铜古峡
我们无从考证
可他有一首写黄河的诗
却千古流传

鸣翠湖记游

一声声鸟鸣
像一滴滴雨点儿
从空中落下来
绿了这一湖碧水
也湿润了
游人的心

是江南三月
鸣翠的那两只黄鹂吗
是西子湖畔
那一群欢唱的柳莺吗

划一只小船
到荷花池去采莲啊
那时的荷花正红
那时的莲子正嫩
清清甜甜的香气
让人摸到采莲的梦了

秀苇密密
芦巷深深
那就到观鹤亭

去看鸟吧
那就去闯
水上迷宫吧

如果是一条情侣船才好呢
热恋中的少男少女们
是不怕迷路的啊
能迷得
分不清天南地北才好呢
能迷得
乐而忘返才好呢

小船悠悠
似乎真的走不出这迷宫了
忽见柳暗花明
终又看见岸边的
那架老水车了

老水车站成了
这湖上的
另一道风景

艾伊河组曲

一、名城与河

一座历史的名城
似乎都应该有一条河的
如果没有河
便缺少了
一种诗的意境

读过《枫桥夜泊》吗
读过《桨声灯影里的秦淮河》吗
而张择端的《清明上河图》
则表现出了
一条河
一个城市
乃至一个朝代的
昌盛与繁荣

在银川的历史上
是没有河的
偌大的宁夏平原
尽管渠道纵横
水廊连城

却因为少了一条河的陪衬
就如同一首诗歌
缺少了一个美丽的音韵

艾伊河
艾伊河
你是银川城的
一个美丽的梦

二、枣花岛

因为有了这棵树
才有了这个岛

这岛实在是太小了
小的像一只小船
直让人担心
哪一阵风大了
就会把它刮跑

可树是有根的
岛也就有了根
因为有了根
岛也就站立的
稳固而牢靠

五月里
岛上的树开花了
浓郁的花香
让游人醉了

岸边的楼上
是谁临窗而歌
"在那桃花盛开的地方"
其实，谁都知道
歌里唱的
却是那棵沙枣树

三、乌篷船

这种乌篷船
在江南
就是一种
很普通的运载工具
载人也载货
就好比我们北方的
牛车、马车
或者驴车

北方的路硬
南方的路软
土路走车

水路行船
大路通天
各走半边

不知道这一条船
在哪一个水巷口
走错了路
竟然走到了塞上银川

银川是一座湖城
不是江南
胜似江南
小西湖
大西湖
西湖美景
让这一船
唱越剧说吴语的
南方人
由不得发出
一连声的惊叹

四、雨中游艾伊河

细雨如丝
细雨绵绵
湿了
河边的翠柳

淡了
远处的览山

河水悠悠
船儿悠悠

烟雨桥上
两叶雨伞
如两朵盛开的花朵
一朵嫣红
一多淡蓝

两个女孩
在桥上看风景

那情景
总让人想起
一个关于
断桥送伞的故事

苇莺唱雨
水边年轻的钓者
和水中的老鹳
共同守望着
一个有关
鱼的梦

西夏岩画探秘

最先是
从一块石头中走出来
然后是
从一座大山里走出来
一旦走出
就不想再回去了

感受风
感受雨
感受那一轮
多情的月亮
为一支羌笛
歌兮舞兮不止

那时正是秋天
秋天的贺兰山很美
山下的草原很美
草原上的牧羊女很美

一群大雁
从头顶飞过
雁群飞行的姿态

让他悟出
一种艺术的美感

去狩猎啊
去放牧啊
去打仗啊
男人的经历
终将是
最丰富最壮美的故事

从战场上归来
突然想起
要有一封家书
寄回山里去

于是便用那把战刀
在石岩上
那最贴近山体的地方
刻画出一种思恋
一种希望

刻出了爱
也刻出了恨

爱凝于指尖
石头也就有了生命

恨聚在心底
心也就成了石头

那甜美的小鹿
是猎物
也是情人

那凶悍的虎豹
是野兽
也是仇敌

一把刀
削铁如泥
是一把好刀

一把好刀
在战场上没有弯曲
在女人面前
却断为两截

这血性十足的汉子
用那把断刀
完成了一个
永恒的主题
然后和那少女一道
骑马远去了……

他走了
他似乎没有想到
他留下的
那些神秘的图画
如日月
使一座大山
辉煌起来

根的梦

——读根雕作品《鹿》

一只美丽的小鹿
被一只嗜血的猎豹
苦苦追逼
仓惶中
藏身于一条石缝里
再也不肯出来

唯有那一腔生命之火
始终不能熄灭
便借头顶上的两枝茸角
幻变成树
在春天里开花
在秋天里结果子

只因心是苦的
结出的果子
自然也是苦的

风雨的岁月里
你苦苦期待

终于有一天

一位老人
走过你的身边
你奇异的枝叶
让他悟出
生命的河床上
还有一种
更珍贵的东西

他细心地
抚去你身上的泥土
用他那像根一样的手
唤醒了你的心

啊，小鹿
你一旦回到
这多美的世界
我看到了你的笑
也听到了你的哭

作为一棵树
你是死了
而作为一只鹿
作为一种艺术的精灵
你终于又活了

或许死，原本就是
活的另一种形式

绿地文学丛书

215

一棵白桦的诞生

那女孩生来就不会说话
于是手便成了她的语言
手是她心灵的另一条路

有一天，她终于听出了
一种来自大山的神秘昭示
她便一直奔那座大山走去
她便一直奔那座森林走去

这是五月的季节
山野的花为她热烈地盛开了
风鼓起她白色的裙子
像一朵云
使你相信她一直是在飘着走呢

而这时，总有一种音乐
在山谷里回响着
就要接近山顶时
她的脚无意中踏出了一汪泉水
泉水映照出她的影子
她第一次看到
自己原来是这样的美

她在那里站立了一会儿
就从她的脚心里
生出了两条白嫩的根

然后是她的两条手臂
然后是她的十根手指
不由自主地向天空举出
一树翡翠般的绿叶子

任凭姐妹们的呼唤
她再也不肯走下山来
唯有那脉山泉
流经过许多村庄
诉说着那女孩儿的故事

饥饿的牧马人

来自鄂尔多斯的牧马人
走了很远的路
要来这城市赴一个情人的约会

这城市滴翠的葡萄长街让他很陌生
这城市宽阔的广场让他很陌生
牧马人说不出
那是一种什么感受
牧马人直觉出
那是一种饥饿的感觉

牧马人走进
这城市
最辉煌最高大的楼房里
凭窗远眺
他看到这城市
无数的楼群
如大青山般
巍峨壮丽

牧马人急于要了解
这城市的现代秘密

牧马人感受到了
那一种饥饿的感觉

牧马人还清楚地记得
十几年前
这里还是草原上
最美的牧场
有一条河
缓缓流过
建城的那年
牧马的少年远去了
牧羊的少女却留下了

当牧马人
重回这片土地时
捧出那定情的月亮宝石
而那牧羊的姑娘
已经不认识他了

富有的牧马人
急于要了解
这城市有什么神灵
会让那女孩忘记
那流金的牧场呢
牧马人感觉到
那也是一种饥饿

牧马人很难过
牧马人是痛感
这现代的城市和牧场
越来越远了

牧马人很饿
牧马人想起那匹黑骏马
正在这城市的外面
安详地吃草

铁锨精神

凭借那把铁锨
他在那片高地上
修了一个掩体

先把自己放进去
又给他的枪
找了一个很好的位置

随后把那把铁锨
随手丢在一边
静静地等待着
一个时刻的来临

拂晓时
敌人开始进攻
敌人的火力很猛
炮弹打在掩体的外面
溅起的泥土
埋了他一身
尽可以想象
如果没有这战壕的掩护
他可能早就被打死了

铁锨无语
铁锨静静地
躺在战壕里

敌人离得近了
他伸出枪
他的枪法很准
看着敌人
一片一片
倒下去的样子
让他更多地想起
用一种北方长镰
割草的事来

冲锋的号声响了
他，和他的枪
一起呼喊着
冲在最前面

庆功会上
他，和他的枪
一同享尽了荣耀
而那把铁锨
则被炮弹炸起的泥土
埋在那段战壕里了

好多年后
人们在这里开一条河
在很深的地下
发现了它
——那时的它
已经锈迹斑斑了

另一个人，拿它
在石头上磨砺了一番
说：是一把好锨
还能用

铁锨无语
多少年来
铁锨还是铁锨

迟开的君子兰

那时候
他正处在一个
很重要的岗位上
就如同站在
一个桥头堡上

有一天
一位老人
走进他的家门
把一盆君子兰花
放在他家的阳台上
然后就走了

那时候
整个社会
都在热炒君子兰
君子兰的身价倍增

那时候
他正忙着革命
革命不能那样雅致
他没有想到一盆花

还会有什么
深刻的含义

君子兰没有开花
君子兰很难开花
仅凭着些许清淡的茶水
仅凭着点滴细微的露水
苟延着生命

这些年呢
形势变了
他又开始忙着挣钱
"革命"不是请客就是吃饭
更没有闲暇
看顾那盆花了

君子兰没有开花
君子兰很难开花
是那些酒味很浓的水
伤了它的心
是那些油腻很大的水
毁了它的根

终于有一天
他从一碗酒里
看到了自己

白了的双鬓
他开始感觉
腿脚不灵了
上不去那个台阶了
只好呆在家里
享受一种清冷

冷清得久了
他对那盆花
产生了兴趣
夕阳下的傍晚
他就站在阳台上
用清甜的水
和那盆花交流感情
那目光慈祥而又凝重

唉，人一上了年纪
心就变得软了
心一软
就有一种坚硬的东西
压在上面
时间越久
越沉重

是该医治
那些伤口的时候了

这些日子
他面对着那盆花
沉默不语

他忍受着伤痛
首先在靠近心脏的地方
清理那些"弹头"
取出那些"弹片"

女儿说：老爸
把这些东西留给我吧
让我在繁华的城市
买一座大房子
风中雨中
安稳不动

儿子说：老爸
把那些东西留给我吧
给我铺一条出国的路吧
我便有了一个
锦绣前程

他只是沉默不语
从他内心的深处
似乎能听到
一种潮水激荡的声音

他对女儿说
你的窝儿
你自己筑吧
他对儿子说
你自己的路
还是你自己铺吧
我要把这些东西
送回老家去
给干旱的老区
多打几眼机井
希望来年秋天
能有一个好的收成

东西送走了
他又一次感受到了
许多年前
那一次长途行军
疲惫之极
突然放下背包时的
那一种舒心的轻松

终于，那盆君子兰
在一个早晨
开花了
那高洁的品性
让人联想起
很多事情

中国画家

自从那年
画了一条龙
并随意
点了两只眼睛
那龙便飞起来
一时间就吓坏了
几个好龙的叶公

好久没有
再动那支笔了
不知为什么
今日里
是那么强烈地
想用那支笔
作一幅画啊

正是秋天
天好高好凉啊
一片红叶
顺着一条小溪
悠悠漂来

他拾起那片树叶
沿着那一条石板小径
直走进
那幅画中去了

一个古装女子
在小溪边
轻歌浣纱

他记得多年前
他是画过这个女子的
不料想
在这里
又遇上了她

那女子很美
那女子很贤惠
看见他来
就站起身
用裙角擦着手说
知道你今天是要来的
我在这里等你好久了

他随那女子回了家

两间茅舍

一道绿篱
院中的棚架上
丝瓜正在开花

中午时分
竹林那边
有鸡犬之声
约约相闻

一个老者
伴着他
在瓜棚架下
把酒话桑麻

村酒好醉人
饮得多了
就俯在榻上
作了一个
画中的梦

远山如黛
东篱下
菊花如金

十二月的怀想

今天　是
十二月
一个普通的日子
天下雪了

一个老人
披了件风雪大衣
迎着漫天飞雪
站立在广场中央

雪在他宽阔的肩膀上
落下了厚厚的一层

老人
原本是一个普通的人啊
不过他所站立的位置
比一般的普通人
要高许多
所以他看待世界的目光
才如此辽阔而深远

雪飘落着

雪落在他身边的松树枝上
雪落在他面前无限广阔的土地上

这时
就有一群
穿着羽绒服的孩子
来到这里
她们看到
那老人的笑容
比任何时候
都更加慈祥

老人原本是很喜欢雪的啊
想起许多年前
在那
"雪里行军情更迫"的日子
他穿着一双老布鞋
踏雪前进的步伐
坚定而有力
让每一个随他前行的人
都看到了那一轮
"须晴日"
才能看到的太阳

这一天
广场上来了很多的人

一方面是为了看雪
一方面是为了看他
看他踏雪寻梅的风采

在他的身边
一树又一树红梅
正俏然开放

一九三五年的红军

一九三五年的红军
在突破了
一道又一道
死亡封锁线以后
终于登上了
那一座终年积雪的大山
那座山很高很美
有一首《康定情歌》
唱的就是那个地方的事情

一九三五年的红军
却没有那份好心情
这些来自南温带的人们
多不耐寒
有一些体弱多病的人
就冻死在雪山顶上了

一九三五年的红军
掩埋了自己的同伴
高举着红旗又上路了
他们当年所走的
就是我们今天所走的

这一条黄金旅游线路
从甘孜到毛尔盖再到松潘
到了松潘，就离黄龙
离九寨沟不远了

这是七月
七月的川西北高原
是最美的季节
雨水丰足草地连绵
美丽的格桑花一片又一片

一九三五年的红军
和这些美丽的风景擦肩而过
他们步履匆匆北上而去
在他们的身上，肩负着
一个民族的伟大使命

一九三五年的红军
是一些品德高尚的人
他们衣衫褴褛，腹中无食
走进了草地，就断粮了
一个名叫谢益先的人
用自己唯一的一点炒面
救助了一个逃难的妇女
和一个被饥饿折磨得
奄奄一息的孩子

而他自己，却没有能走出
那片死亡之地
在红军的队伍里
永远地失去了他瘦弱的身影

一九三五年的红军
是一些意志坚强的人
这些年轻的共产党人
他们吃草根吃树皮
最终连腰间的皮带也吃了
从总司令到普通的士兵
他们同甘共苦，上下一心
共同创造了伟大的长征精神

有关七根火柴的故事
有关金色鱼钩的故事
有关党费的故事
至今读来，仍让我们心里
会产生一种真诚的感动

一九三五年的红军
在走出草地以后
就到了一个
出产大麦和蚕豆的地方
那时的天空也晴朗起来了
人们的心情也好起来了

尽管前面的道路还很漫长
但他们都坚信
跟着毛泽东走
跟着朱总司令走
以后的日子
就会是一片光明

将台纪事

题记：一九三六年十月，红军三大主力，在完成了举世闻名的二万五千里长征后，于将台堡胜利会师。一九九六年十月，为纪念长征胜利六十周年，当地人民在此立碑，以示纪念。

一

将台，其实
就是一座破旧的古堡
这样的古堡
在西吉很多
唯有将台堡
因了一座纪念碑
而辉煌起来

二

一九三六年的十月
在北方
天已经很冷了
树上的叶子
都落尽了

山下的葫芦河水
涩涩地流着
河边的谷子地上
结了一层薄薄的霜
一群从南方来的红军
在将台堡住了下来

将台的下面
是一片空地
红军们坐在那里
共享胜利的喜悦

一个小个子的人
走上台来
由于天冷
由于衣衫单薄
使他显得更瘦小了
但他的四川方言
却天惊地动
在这沸腾的河川里
激起了一阵又一阵
雷鸣般的掌声

三

将台堡的百姓

都是些朴实的庄稼人
那时候
他们还不认识贺龙
不认识刘伯承
也不认识邓小平
这些南方人的话
让他们似懂非懂
可在他们心里
这些南方人
都善良可亲
他们脸上的笑容
很容易让人感动

四

如今，来将台的人
从很远的地方
就能看到
那座雄伟的纪念碑了
就能看到纪念碑上
站着的那三个红军了

那三个红军士兵
年轻而又英俊
一个来自湖南
一个来自江西

另一个则来自四川
三个人会聚一起
象征了三大主力红军的
会师成功

五

一九三六年十月二十二日
最先到达将台的
是贺龙
任弼时
刘伯承
和关向应

接着走来的
是左权
聂荣臻
和邓小平
当然还有肖华
还有杨得志

第二天
又走来了
王震
陈赓
和杨勇

六

小小的将台堡
一时之间
聚集了这么多的
伟人和将军
据一位老人回忆说
那天夜里
将台堡的人们
都听到了
一种神秘的声音
似虎啸
也似龙吟

七

将台这地方很穷
但它却盛产土豆
盛产荞麦和糜子
这些东西
都是粗粮
很养人

这些从雪山走过来的人
这些从草地走过来的人

这些饱受寒冷和饥饿的人
这些历经生死考验的人们
在将台这地方
过了几天
宁静而又美好的日子

当他们从将台出发
再次踏上征程的时候
他们的歌声
就嘹亮了许多

八

从一九三六
到一九九六
整整六十年了
六十年啊
山上的古堡依旧
山下的葫芦河依旧
山坡上种土豆
川道上种谷子
油菜开花
依然是金灿灿的
可河边的村子里
却换了一辈又一辈人
说起那座纪念碑

说起当年的红军
人们从来没有像今天这样
怀念起他们那一群
赤着脚，饿着肚子
为了人民的解放
而不惜牺牲自己的人

大漠方舟

——参观中卫西风口沙漠治理示范园区

站在西风口
这最高的一座沙山上
我们看到了一个海
一个叫做腾格里的海
正汹涌着
向我们逼过来

而在我们的身后
一片绿洲
似乎是一只方舟
也向我们驶过来

不感动是不可能的
不震撼是不可能的

这让我想起
创世纪中
第一个洪水期
来临的时候
一个名叫诺亚的老人

造了一座大船
载着人类
躲过了一场灾难

据考古专家论证
如今那条船
已经成了化石
还停泊在
亚拉腊圣山的上面

传说中的洪水
已经远去
可现实中的沙漠
却已经到了我们眼前

在过去的很多年里
我们被沙漠追赶着
一退再退
已经退到了黄河岸边

在人类世界里
人在不断地繁衍
在自然的世界里
土地在快速锐减

人是不能再后退了

再后退
我们就会愧对子孙
也愧对祖先

向沙漠要回我们的良田
向沙漠要回我们的家园
沙漠治理
就成了我们这一代人的
一场攻坚战

在沙坡头
在西风口
在腾格里大漠的边缘
我看到了一条船
一条绿色的大船
正鼓满了风帆
满载着人类的智慧和勇敢
破浪向前

开拓者之歌

　　宁夏煤田地质局是一支专业的煤田地质勘探队伍，成立于1956年，迄今已经走过了五十二年的风雨历程。五十二年来，几代煤田地质工作者，艰苦奋斗，南北转战，他们的足迹踏遍了宁夏的山山水水，勘探面积达一千四百六十五平方公里，累计钻探进尺二百多万米，提交各类地质报告二百余件，查明全区煤炭资源量三百一十五亿吨，为宁夏煤炭工业的发展和经济建设做出了卓越的贡献。

在这宁静的夜晚啊，
天边上的星星是那么的亮、那么的明，
我亲爱的朋友啊，
哪一颗是你们井架上的明灯？

在这美丽的夜晚，
天上的月亮啊，
你是否看见了，
他们那依然忙碌的身影。

或许你还不认识他，
不知道他们的姓名。

在那灯火阑珊的城市，
或许你看不到他们的面容。

他是谁，他们是谁？
他是谁，他们是谁？

他是我们众里寻他千百度的好友啊，
他是我们情同手足的弟兄。

或许，他们的工作十分平凡，
或许，他们的生活又过于简单普通。

是他们——
在平凡中创造了辉煌的业绩，
是他们——
在普通中书写了最壮丽的人生。

他是谁？
他就是那个普通的煤田地质勘探人。

他们是谁？
他们是一群煤炭战线英勇的侦察兵。

你想认识他吗？
你想找到他们吗？

那就随我来吧，
沿着这些开拓者的足迹，
让我们作一次长途的大漠旅行。

从浩瀚的腾格里沙漠，
到黄河岸边那蜿蜒起伏的万里长城。

从冰雪覆盖的贺兰山巅，
到红旗漫卷的六盘高峰。

满怀着对你们神秘工作的向往，
满怀着对你们伟大事业的崇敬。

我们在寻找，
寻找你们——
我们这个伟大时代的
最可爱的人。

你们高大，
那一根又一根的钻杆，
是你们延伸的手臂，
为我们敲开了
那深藏在地层深处的
一座又一座煤田的大门。

你们宏伟，
那高耸入云的钻塔
是你们宏伟的身躯
气搏云天
迎接着茫茫大漠八面来风。

从一九五六到二零零八，
你们走过了五十二年的峥嵘岁月，
你们历经了半个多世纪的风雨历程。

五十二年，
一万八千七百多个日日夜夜，
在你们身后是一条漫长的闪光的道路，
你们创造了奇迹，
把一个伟大的理想推向了辉煌的顶峰。

或许，当年的那些老勘探队员们，
白发的积雪已经覆盖了他们的头顶。

或许，他们中有的人已经离开我们远去了，
在我们的队伍中永远地消失了他们的身影。

尽管岁月的风尘可以掩去开拓者的足迹，
尽管时间的流水不舍昼夜近似无情。

那一座座优质高产的煤井，

一座座大漠明珠般闪光的煤城，
就是一座座纪念碑，
铭刻着他们的丰功伟绩。

忆往昔，雄关漫道，难抑一腔激情，
看今朝，改革开放，再振创业雄风。

公元 2004 年，是新世纪的太阳升起的时辰，
自治区"一号工程"的蓝图，
为我们绘制出宁夏山川美好的前景。

百业待发，煤炭先行，
是宁夏煤田地质勘探队的同志们，
勇作先锋，最先把会战的序曲奏鸣。

百台钻机鏖战灵州，
十万旌旗兵发宁东。

一场振兴宁夏的大规模会战就这样开始了，
西部大开发，一项伟大的事业即将诞生在我们
手中。

车轮滚滚，滚滚的车轮，
打破了这亘古荒原千年的寂静。

马达轰鸣，轰鸣的马达，

把这亿万斯年古潜海又重新唤醒。

大漠瀚海，他们的帐篷，
就是这瀚海中的一座座绿色的小岛。

茫茫的夜色里，他们的井架，
就是一盏盏为人们指引方向的塔灯。

煤田地质勘探工作是艰苦的，
艰苦得让人心中会产生一种由衷的崇敬。

当我们的双手握住他们的双手的时候，
他们的手是那么宽大、那么有力，
似乎能将整个大地撼动。

披星戴月，他们蓝天为帐，
一场豪雨，痛快淋漓，
洗去了一身的沙尘。

风餐露宿，他们以大地为床，
一口铁锅，煮山煮水，
煮一天日月星辰。

七月流火，在摄氏四十度的高温中，
他们挥汗如雨，如雨的汗水，
让大漠草绿花红。

三九严寒，滴水成冰，
水可以结冰，土地可以结冰，
可钻机依然在飞速转动。

或许，长期的野外的生活，
会让他们的性情变得憨厚，
话语也变得多少有些迟钝。

可在他们的身上，
却保持着人类最美好的，
朴实和真诚。

在父母的跟前，他们是儿子。
在妻子的身边，他们是丈夫。

在孩子的眼中，
他们是无比高大，
而又可敬可亲的父亲。

年迈的老人，多么希望他们能常回家看看，
人老了，盼望的就是那一个天伦之乐。

贤惠的妻子，多么希望能与丈夫长相厮守，
圆了那一个家庭团聚的美梦。

可他们却懂得大孝于先，
国事为重，乃是千年的古训。

他们也懂得，大爱于心，
才是人间最真挚美好的爱情。

多少个中秋之夜，
钻机不停人不眠，
举手邀明月，
那满天的星斗，
哪一个是我可以与之共话衷肠的亲人。

亲人也想念你们啊，
在那象征家庭团圆的饭桌上，
你的酒杯已经斟满，
来呀，让我们举杯，
向远方的你，
为你祝福，向你致敬。

当秋风扫落了树上的最后一片叶子，
严酷的冬天就要来临，
远方的亲人啊，
你们身上的衣服是不是又加了一层，
你们的帐篷漏不漏风……

长期的野外生活，

让你们多数人都患了关节炎病，
每逢天阴湿冷，就疼痛难忍，
亲人啊，疾病在你们的身上，
却疼在我们的心中……

那一根根的钻杆啊，
就是一支支如椽巨笔，
在煤田勘探人的手中，
书写着一代人的春秋人生。

那一段段岩芯啊，
就是一段段历史，
它真实地记录着亿万万年前
地球生长的风雨年轮。

那一份又一份内容详实的地质资料，
就是一份又一份煤田开采的科学论证。

那一组又一组的数据啊，
每一个字都是他们心血和汗水的结晶。

是他们向世界宣布说：
宁夏的煤资源含量十分丰富，
现已查明的就达三百一十五亿吨。

是他们向我们提示说：

我们的地下有一个煤的海洋，
煤的存储量，足可以富及
一辈又一辈后代子孙。

作为宁夏人，
我们感到自豪。

作为宁夏人，
我们感到激动。

作为宁夏人，
我们感受到了幸福与光荣。
我们感谢你们啊，
是你们，让我们看到了未来，
看到了一个无限广阔的
属于我们宁夏人的美好前程。

第六辑　诗　论

论诗歌的美学启迪

　　诗歌是一种最富有美学启迪的文学形式，写诗是一种创造美的活动，读诗则是一种感悟美的活动。但凡世间一切美好的事物，都是可以用诗歌来概括的。就诗歌这种文学形式来讲，它不仅要求语感上的舒美流畅，语音上的抑扬顿挫，更重要的是它要有一个深邃悠远的至美意境。纵观古今中外的大诗人们，在他们的诗歌的创作活动中，对于诗歌的美学启迪作用都是十分重视的。诗歌可以引领人们走向纯净和崇高，所以人们崇尚诗歌崇尚诗人，如果诗歌失去了它应有的美的感召力，那它也就失去了生命力。记得小时候读艾青的诗集《春天》，其中有一首诗是这样写的：云从东方来／天下雨了／从东到西／从南到北／雨淋着冀中平原／／农民牵着牲口回去了／水车不转了／轮子停了／到处都淋着雨水／到处都好像在笑／／一个农妇／站在门口看着雨／笑着说／有了地了／天又下雨了／真的翻了身了……从今以后／地是自己的／一想到打下的粮食／全归自己／她的心开花了……这一首名为《春雨》的诗，写于一九四八年的春天，那时候的冀中平原，刚刚进行完土地改革，分到了土地的农民，正沉浸在翻身的喜悦里。诗人把这种喜悦之情，通过"到处都淋着雨水／到处都好像在笑……一想到／打下的粮食／全归自己／她的心开花了。"这样简洁明快的诗

句充分地表达出来了。读这首诗，就如同观赏古元的那些田园木刻画似的，那一种浓郁的乡土气息扑面而来，由不得你不激动。但凡有过农村生经历的人，在阅读这首诗的时候，就如同喝了乡村米酒，是那样的亲切那样的醉人。不妨让我们暂且闭上眼睛，想象一下诗中所描绘的那一幅情景吧：在那个一望无边的大平原上，是春天的季节，河流开化了，河边的柳树绿了，杏花开了，桃花也开了，泥土松泛了，麦苗泛青了。农民们赶着牲口在自己的土地上辛勤劳作，空气中弥漫着的是一种新鲜的田园气息。正当庄稼需要雨水的时候，一场及时雨便下起来了，清清凉凉的雨水，洒在地上洒在麦苗上洒在庄稼人的心上，这是一场好雨，能不让庄稼人开心地笑吗？艾青不仅是一位诗人，他同时也是一位画家，他的许多诗歌，都是诗中有画，诗画一体，具有强烈的艺术感染力的。诗歌所蕴含的美学精神是多方面的，与艾青诗歌的美学表述不同的是贺敬之。贺敬之是一位注重于激情抒发的诗人，贯穿于他的诗歌中的艺术美乃是一种崇高豪迈之美。读贺敬之的诗，总是要被他那种昂扬奋发向上的激情所鼓舞的。他的《放声歌唱》《雷锋之歌》《西去列车的窗口》等篇章，鼓舞了一代又一代的人。那是时代的强音，理想的交响乐章。记得二十年前，我还在一所学校读书，作为一个即将走向社会的青年，自然是有一腔热情和一个绚丽多彩的理想的。那是一个星期天的晚上，偶然地从收音机里收听到了配乐诗朗诵《雷锋之歌》，便立刻被诗中所表达的那一种崇高的理想意识，壮美的感情抒发感动得热泪盈眶，那一时的感觉，真有一种要激越长空鹏程万里的强烈冲动。如今二十多年过去了，这首诗中的许多精彩句子依然是记忆犹新：让我呼唤你啊／呼唤你响亮的名字／你——／雷锋／我看着／你青

春的面容 / 好像我再生的心脏 / 在胸中跳动…… / 我写下这两个字 / 雷锋—— / 我是在写啊 / 我们阶级的 / 整个新一代的 / 姓名 / 我写下这两个字 / 雷锋—— / 我是在写啊 / 我的履历表中 / 家庭栏里 / 我的弟兄 / 你的年纪 / 二十二岁—— / 是我年轻的弟弟啊 / 你的生命 / 如此光辉—— / 却是我 / 无比高大的 / 长兄……我们呼唤雷锋，就是呼唤时代的英雄；我们赞美雷锋，就是张扬我们崇高的民族精神。在雷锋的身上，集中体现了我们民族的真善美的高尚品德，他是民族的楷模，也是民族的灵魂。西方美学家李斯托威尔在《近代美学史评述》一书中说过这样一段话："崇高……既包括我们赋之以崇高感的外界事物的庄严宏伟，也包括灵魂的高尚伟大。没有灵魂的高尚伟大，最高贵的艺术作品都必定会永远黯淡无光。……在各种审美的形态中，一般来说，崇高具有最重要的地位。"《雷锋之歌》这部作品，无论是诗的叙事主题还是诗的表现技巧都达到了极具完美的高度。这部长诗总计约一千二百余行，诗人采用的是最具音响效果的"中东韵"，且一韵到底，绝不换韵，这在古今诗歌创作中，是十分罕见的。阅读这部作品，便有登上泰山之巅，聆听黄钟大吕响遏行云之感。贺敬之的诗不仅有强烈的抒情气氛，崇高豪迈的激情抒发，而且在美学视觉上也极为讲究。就《雷锋之歌》而言，诗人一改平时的阶梯式的语序排列方式，独创了一种新的中国式的、即更具有民族性的语序表现形式。在诗的断句分行上，依然保持了他节奏鲜明、抑扬顿挫的特点，如：

> 雷锋
> 　我看见
> 　在你的驾驶室里
> 　那一尘不染

　　　车镜……

　　　　我看见

　　　　在你车窗前

　　　　那直上云天的

　　　　高峰……

　　　啊，你阶级战士的

　　　姿态

　　　是何等的

　　　勇敢，坚定！

　　　　你共产党员的

　　　　红心啊

　　　　是何等的

　　　　纯净、透明！……

　　这种诗句的排列形式，既保持了我们民族传统对诗歌的审美习惯，同时又是对诗歌写作的一种大胆创新，它的美的启迪作用是巨大的。继《雷锋之歌》之后，另一部呼唤美好赞誉崇高的作品是《小草在歌唱》。《小草在歌唱》是诗人雷抒雁的代表作品。这首写于 1979 年 6 月 8 日的诗歌，一经问世，便引起了巨大的反响。张志新是一位捍卫真理的战士，在那个是非颠倒的动乱的年代里，面对丑恶的势力，她坚贞不屈，保持了一个共产党员的理性思考和英勇无畏的斗争精神。张志新的感人事迹，让诗人彻夜难眠，他满怀悲愤地写道："就这样——/黎明。一声枪响，/她倒下去了，/倒在生她养她的祖国大地上。//她的琴呢？/那把她奏出过，/奏出过爱情的琴呢？/莫非就此成了绝响？/她的笔呢？/那支写过檄文，/写过诗歌的笔呢？/战士，不能没有刀枪！//我敢说：她不想死！／她有母亲：风烛残年，／受不了这多悲伤！／她有孩子：花蕾刚绽，／怎能落上寒霜！／她是战士，／敌人如此猖狂，／怎能把眼合上……共产党员应多想一想。／就像小溪流出山涧，／就像种子钻出地面，／发现真理，坚持真理，／本来就该这样！……《小草在歌唱》真实地反映了人民群众对张志新烈士的同情、敬仰和爱戴的真实情感，对真善美的呼唤，使得诗人和读者的情感达到了高度的和谐，从而使这首诗产生了一种巨大的精神力量。一个民族要有自己的英雄，这是支撑我们这个民族精神力量的支柱。优秀的诗歌作品是不朽的，在今天，我们重读这些作品，便越发地感受到其美学意义是深刻而久远的。

亲近美好，是人的本性，人们渴望生活美好的同时，也需求艺术的美好。而诗歌作为一种艺术形式，和其他文学形式诸如散文戏剧等相比，它对于美学方面的要求将更为严格一些。人类在创造世界的艰苦劳动中，不仅创造了人本身，也创造了文学艺术。人们把诗歌的艺术地位放在其他艺术形式之上，就是因为它是可以净化人类灵魂的最完美的艺术形式。中国是一个诗歌大国，历来人们都是把《诗经》唐诗宋词与圣人的思想著作相提并论的。人们用诗歌对少年儿童进行启蒙教育，诗歌可以教人明辨是非，认知世界。唐朝时期，人们尤其注重诗歌的美育作用，他们用诗歌作为考察选拔任用干部的一种行政手段，可以想见，一个能写出至善至美的诗歌作品的诗人，他的品行至少不会是低下的。在中国几千年的历史上，入仕为官的诗人何止千百，有谁听说过哪一位有名的诗人是因为贪污腐败而被罢官杀头的呢？历史学者说：唐朝有佞臣但少贪官，这不能不说是唐人重视诗歌教育的结果啊。

2000 年 8 月 6 日

论诗歌的佳句建构

　　若论及诗歌的佳句建构，就不能不说起唐朝诗人李商隐。
李商隐是一个专为佳句而写作的诗人，曾有人说李商隐每有诗
则必有佳句，这似乎一点也不夸张。我们翻看各种版本的唐人
诗选，单就数量来说，李商隐的作品并不低于李白、杜甫和白
居易的。李商隐的诗歌作品尽管有些晦涩有些朦胧，并且还有
些拼凑语句之嫌。但这并不影响人们对他的诗歌作品的喜爱。
他的诗歌佳句以极高的艺术魅力和深刻久远的哲理思辩意识征
服了一代又一代人。"夕阳无限好，只是近黄昏。"（《乐游
原》）"春蚕到死丝方尽，蜡炬成灰泪始干。"（《无题》）
"天意怜幽草，人间重晚晴。"（《晚晴》）"身无彩凤双飞
翼，心有灵犀一点通。"（《无题》）"秋阴不散霜飞晚，留
得枯荷听雨声。"（《宿骆氏亭　寄怀崔雍衮》）。这些灵光
闪现的诗句，无不凝聚着诗人的智慧光辉。但凡"古今诗人，
以诗名世者，或只一句，或只一联，或则一篇。虽其余别有好
诗，不专在此，然播传后世，脍炙人口者，终不出此矣，岂在
多哉。"（胡仔《苕溪渔隐诗话》）一个诗人，一生为诗，
若能有一两条佳句流传后世而不朽，则是一大幸事。而李商隐
的佳句则如珠玑连串，美不胜收，实属罕见。张若虚是以一篇
《春江花月夜》而传世的，后人曾多次把这首诗谱写成曲，将

诗的那一种幽远至美的意境用音乐的形式表达出来，给人一种极美的艺术震撼。谢灵运在《登池上楼》中有这样的句子："池塘生春草，园柳变鸣禽。"此语一出，便立时轰动起来。以至到了宋代时，吴可还写诗称赞他说："春草池塘一句子，惊天动地至今传。"（《学诗诗》）金人元好问也写诗称赞他说："池塘春草谢家春，万古千秋五字新。"（《论诗三十首》）此外，像宋代诗人宋祁的"红杏枝头春意闹"以及张先的"云破月来花弄影"等都是以一句诗而传世的。一首诗歌竟然有如此巨大的历史穿透力，让历代的人们赞赏不已，足可见佳句的建构在诗歌创作中的重要作用了。

诗不可无佳篇，更不可无佳句。佳句是构成佳篇的重要因素，佳句可以把诗歌的审美高度进而推向极致。因佳句耀彩而通篇生辉，缘佳句震响而全诗铿锵。清代学者何绍基说："诗无佳句，则香馨之致不出……"（《与汪菊士论诗》）中国历代的诗人们，不惜穷尽毕生精力，呕心沥血务求佳句。杜甫说："为人性癖耽佳句，语不惊人死不休。"贾岛也说："两句三年得，一吟双泪流。"古人刻苦为诗锤炼字句的精神是很让人感动的。

什么是诗歌的锦言佳句，什么样的佳句才称得上是佳句，明代学者谢榛认为："诵要好，听要好，观要好，讲要好。诵之如行云流水，听之金声玉振，观之明霞散绮，讲之独蚕抽丝。此诗家四关，使一关未过，则非佳句矣。"（《四溟诗话》）谢榛的这段话尽管是针对古典诗歌讲的，但如果我们以它为标准来检验新诗的佳句建构也是切实可行的。

曾有人批评新诗说，中国的新体诗，自从它诞生之日起，几近一个世纪了，其间的诗人也多之多矣，可令人遗憾的是，

竟然没有产生多少能够达到家喻户晓、妇孺皆知、流传千古而不朽的绝品佳句。这种说法未免有些过于尖刻过于偏激了，其实，新诗并非没有佳句，只不过新体诗的语体形式决定了其与旧体诗在语体形式上的巨大的差异，旧体诗由于受格律的规范，它有着一种几近完美的语体形式，它语流的顺畅，音律节奏的明快，很符合人们的传统的阅读习惯，很容易被人们所接受。而新诗就不同了，新诗的口语化，使其更注重于诗歌的意境美而不在于形式的工整与修饰。阅读新诗，那是要用一种灵性去感悟其中的那一种诗性的内涵的。"你的鼻子像百合/你的嘴唇像花瓣/请摘下绸制的面具/让我看看你的眼睛//眼睛是灵魂的窗子/从它们看见你的内心/你的眼睛是纯朴的/你有一颗纯朴的心。"（艾青《写在纸条上的诗》）多么欢快明朗的句子，读这首诗，扑面而来的是一种蓬勃的青春气息。"眼睛是灵魂的窗子"，这比喻既新颖又奇特，独具匠心，却又纯朴自然。时至今日，这一句诗，流传之广，用家喻户晓来形容是很贴切的。除此之外，艾青的另一句诗也是很惊人的："蚕吐丝，吐出的是一条丝绸之路。"这是诗人晚年时期的作品，它充满着一种深刻的生命意识和哲理思辩，它既是对一个平凡生命的概括，也是对一种奉献精神的高度颂扬。这是诗人在新诗佳句上的贡献，是很值得称道的。其实，新体诗中众多的佳篇佳句由于其口语化的原因，被一种通俗的语言色彩所掩蔽了，让我们在阅读时就忽视了其精妙的语句内涵了，这不能不说是一件很令人遗憾的事情啊。

进入新时期以来，新体诗呈现出一种多元化的发展趋势，一批年轻的诗人，积极创新，勇于探索，写下了不少脍炙人口的新诗佳句，如："黑夜给了我黑色的眼睛，/我却用它寻找

光明。"（顾城《一代人》）"卑鄙是卑鄙者的通行证，/高
尚是高尚者的墓志铭。"（北岛《回答》）读这些诗句，我们
不难发现，诗人们在写作技巧上，对于传统诗词的借鉴是明显
的。其语流的顺畅，韵脚的明快，语句的工整，近似于是一种
新体的格律诗了，给人的是一种耳目一新的感受。这是一种有
益的开拓性的探索，是应该给予充分的肯定的。

汉语言文字，是世界上最美丽的语言文字，由于它的象
形表意功能，使它更适宜于诗歌的写作。当然，我们并不否认
其他民族的语言文字也是可以写出那些瑰丽辉煌的诗歌作品来
的，可创造出那些对仗工整珠联璧合的诗歌佳句，汉语言却
是唯一的。在我们华夏民族五千年的文明史中，多半是一个诗
歌创造的历史，是一个创造诗歌佳句的历史。我们的民族，在
诗歌的灵性滋养下成长壮大并创造出了最优秀的文明世界，我
们的诗歌艺术则在核心佳句的引领下走上了文学艺术的辉煌巅
峰。我们相信，在未来的诗歌创作中，我们的诗人们会以更崭
新的语言建构和意象营造，用更舒畅灵动的表现手法，创作出
无愧于我们这个时代的最优美最响亮的诗篇来的。

2001年6月10日

回望高原的喟叹

—— 兼论诗歌的主体流向

　　天雨（语）溶入地下，智慧的甘泉自泥土中涌出，无数的细流汇聚一体，我们称它为《诗经》和《离骚》，这是一条江河之源，是诗歌的扎陵湖和鄂陵湖。自从有了这一条大河，我们的民族便有了文化、哲学、政治、宗教等多层面的智慧的启悟，我们的历史从此便辉煌起来。诗歌的博大与精深，几乎涵盖了人类的整个文化审美领域。我们从孔子、老子、庄子、司马迁的思想本质上，所看到的依然是诗歌的理性光辉。从《春秋》到《史记》都可称得上是诗歌的大典，我们读《庄子》，不仅看到的是深刻的哲理思辩，更重要的是体悟了他那丰富的超自然的想象力和诗的强烈的抒情气氛："鲲鹏展翅九万里，抟扶摇而上……"这种吞九天大气纳百川之流的胸怀，非诗人莫能为矣。而文才飞扬气度恢弘的《史记》则更是一部用诗写就的历史典籍，鲁迅先生称赞它为"史家之绝唱，无韵之离骚。"

　　一条诗歌的大河，在先秦两汉以及魏晋南北朝的高原峡谷中奔腾而下，及至到了唐宋时期，终于变得汪洋开阔起来，呈现出了一种千帆竞渡的局面。尤其是唐朝，这是中国历史上唯一的一个以诗治国的时代，从皇上到庶人，无不以能诗为荣，朝廷以诗取仕，这就造就了大批的诗人干部，从而就大大地提高了整个统治集团的文化品位。孔子曾经说："登高而赋，可以为大夫。"夫子的这句话的本意是说，只要有了很高的诗歌造诣，登上高山而可以写出很好的诗歌的人，就可以去作官了。诗可以陶冶人的精神情操，诗可以让人的道德品质得到一种自我的完善，诗可以让人保持一种美好的理性良知。一个政府如果有一大批品德优秀的诗人参与朝政的话，那么这个政府一定是清明的。唐朝的人也爱喝酒，那时的人们到了一起，便是酬酒论诗，唱对应和，极少有腐败之事。史家们说，唐朝有佞臣而少贪官，这不能不说和诗的教化有关吧。

　　论及诗歌，人们习惯的说法是唐诗宋词，宋词是继唐诗之后在诗歌的大河里所掀起的又一个大潮，若单纯地从自然的水的流态来说，这种现象是必然的，洪波涌起的大潮之后，必定要有一个与之相呼应的回潮，即便是退潮也罢，其声势依然是惊心动魄的，否则它就不完满了。宋人尽管也在一个很高的文化层次上写诗，但像唐朝那样全民为诗的轰轰烈烈的氛围已是没有了。如果我们把唐诗和宋词放在一起比照一下的话，就不难看出，宋词所缺乏的正是唐诗所具有的那种大气磅礴，直抒胸臆，毫不隐讳的精神品格。李白，杜甫以及白居易等众多的诗人都写过一些针砭时弊，反映民众心声的作品，这是符合《诗经》的"国风"精神的，尤其是杜甫的《三吏》《三别》和白居易的《卖炭翁》等作品，真可以说是入木三分透及心底了。可唐朝的朝廷并没有因此来找诗人们的麻烦，朝廷方面对于诗人们的大度与宽容，充分说明了大唐气象的强大和繁荣。朝廷自然明白，凭几个诗人的几首诗是打不到强大的唐朝的。

如果一阵风就能使一座大厦动摇的话，那么毛病绝不可能在风的身上，而实在是那座大厦的根基太脆弱了。宋朝的皇帝就没有那么开明了，他们尽管也多能写诗，但他们又多不把诗当做一回事儿。他们似乎喜欢诗但又害怕诗，他们害怕的是诗人们以诗论政，诋毁朝廷。于是，便对诗人进行严密的监督，一批文化特务应运而生，他们专门在诗人中间刺探情报，无中生有，告密陷害。大诗人苏轼就差一点儿被杀了头，从而使得天下的诗人都寒了心。一宗"乌台诗案"所摧毁的不仅是诗人的健康的身心，更重要的是它扭曲了诗歌发展的主体流向。当诗歌不再载负民众心声的时候，那它走向末路就是必然的了。及至到了南宋末期，诗歌的景况也和这个偏安一隅的腐败王朝一样，呈现出一种不可挽救的败势了。

公元一千九百九十九年的冬春之季，黄河竟然就断流了，这条千古不变的大河，这条代表着我们民族精神与文化摇篮的大河，在一个世纪即将结束时断流了。黄河的断流预示着什么，这让整个华夏子孙都深感不安。可那条作为我们民族文化主体的诗歌的大河，早在数百年前就已经面临枯水的境地了，尽管这条干旱的大河并没有完全断流，但却后继无力，再也难以掀起一个有力的浪潮了。诗走到了这一步，固然有人为的因素，可实在也是历史发展的必然结果。迄今为止，人类的文明史已经有五千年了，前两千年是文化的孕育开创期，后两千年是文化的承继发展期，唯有中间的那一千年也才是文化的高峰期，而这座高峰的峰巅却又集中在中间的那一二百年之间，在这个时间段内，似乎天空中的日月星辰都向这个茫茫宇宙中的美丽星球投注了无尽的精华，从而使得这个星球上的人类的人文科学一下子就达到了创世纪的顶点。当东方的《诗经》被无数的采诗官们汇集成册之时，而西方的《荷马史诗》也同时诞生了，当孔子老子等一大批的文化巨人为他们的学说日夜奔走在中原大地的时候，而在南亚的那片热带土地上，释迦牟尼也正走出了他的苦修林。从此，儒释道便成了东方文明的文化光源。这是一个巨星汇萃的时期，欧洲的文化巨人柏拉图以及亚里士多德等也同时诞生在这一个时期里，这就使得东西方的文化杠杆，保持了一个基本均等的平衡。如今，我们回望历史，就如同站在中原大地回望西部高原回望昆仑峰巅一样，我们不能不惊叹了：两千五百年来，人类的文化脚步，却一直是在一个从峰巅到高原从高原到平原的舒缓的大坡上发展前行的。巨人的思想光辉穿透时空，从背后照耀着我们一路前进。当我们距离那座圣山越来越远时，我们便越发感到那座圣山的高大遥远与不可企及。

中国的诗歌运势在一片夕照红尘的悲壮中结束了，代之而起的是一种介于诗歌和小说之间的过渡性文体，这就是元曲。戏曲是一种综合性的文体，它既保留了诗歌的抒情本质，又有了叙事文学的特征，因而它标志着人类的文化思维意识正在由单一走向多元，由抒情走向叙事，由崇高走向平实，这就为后来小说的发展奠定了一个坚实的基础。当文艺复兴的曙光普照欧洲大地的时候，在那同一时间里，亚洲的一个新的封建王朝诞生了，这就是由明太祖创立的大明帝国。整个明朝从兴盛到衰亡的时间，几乎和西方文艺复兴的时间是相等的，这一时期东西方的差别是不大的。上帝创造人类的时候，上帝原本就是公平的。上帝给西方送去了但丁、薄伽丘、拉伯雷、塞万提斯和莎士比亚，上帝也给东方送来了吴承恩、李贽、黄宗羲、蒲松龄，当然还有一个就是大医学家李时珍。明朝的中前期还

是很强大的，著名的航海家郑和率领着世界上最大的船队七下西洋，充分显示了一个中华大国的浩浩威势。可问题就出在那后一百年身上了，中国老百姓有一句话，叫作"事不过三"，其实质说的就是从汉朝以后的历代封建王朝，英明的君主不过三个，立国的时间不足三百年。在明朝的后一百年里，随着官场的腐败，社会的动荡，人的思维意识和道德观念也发生了变异，高雅与庸俗并存，美好与丑恶同生。人们崇尚崇高，但又无力坚守崇高，人们期待美好，却又难以创造美好，一个伟大的民族衰落了。而与此不同的是，欧洲的文艺复兴已达到了辉煌的顶点，思想的解放，文艺的振兴，尤其是诗歌的振兴，使得西方整个民众的文化素质都得到了空前的提高，从而激活了科学技术与经济领域的迅速发展，从此，东西方的文化水平线出现了巨大的落差，仅仅就在那一百多年的时间里，西方强大了，而中国却落后了。回望历史，不能不让我们去作一个深刻的反思。

诗歌是人类文明和智慧的象征，它也是一个民族崇高的灵魂。诗可以让人纯正，诗可以让人明智，诗可以让人高尚。中国的诗人们似乎早就意识到了诗歌对于提高民族的文化素质所起到的巨大作用，他们为中国的诗歌振兴所作出的努力可以说是艰苦卓绝的。在二十世纪的初年，一批有志于"诗歌革命"的年轻诗人，在西方诗歌的影响下，以一种全新的形式，创作出了汉语言新体诗。新体诗的诞生，使人们又一次看到了中国诗歌振兴的希望。尤其是在那个民族解放战争的年代里，新体诗充分发挥了它那鼙鼓与号角的巨大作用。新体诗尽管还显稚嫩，但却显示出了一种茁壮向上的强大的生命力，终于，那一条几近枯竭的大河里，又一次充满了生命的活力。

　　面对当今的诗坛，我们既充满了信心却又满怀着忧虑，我们面对着一种繁荣可又身处尴尬，诗人辈出可又佳作难觅，诗歌的大河波澜壮阔，可整个民众的文化土壤上却旱象环生，民众宁愿忍受一种饥渴却又拒绝诗歌的浇灌。面对这种局面，我们的诗人和民众都感到了一种从未有过的迷惘与无奈。我们现在正是生活在一个浅文化的层面上的，正如同我们站在一个大平原上，我们的视野极为广阔却难以有一个单一的向度，各种信息载体如八面来风向人们吹来，使人们难以保持一份安静的心态。人们的"机巧"的功能增强了，而对于艺术的感悟能力却衰退了，人们寻求一种感官上的刺激，而缺少的是高层次的品位欣赏。就诗歌本身来讲也问题繁多，一些缺少文化底蕴的诗人，却偏要故做深沉，过分地强调个人情绪的隐性表现，从而使得诗歌晦涩难懂玄奥莫测；还有些心地阴暗的人借诗宣淫，使得诗歌失去了它应有的艺术美感……以此种种，使得一条原本清澈美丽的诗歌的大河，到处都泛着被污染的黑色泡沫。诗人们大都期盼着一个民族诗性的回归，那么就先从诗歌的清污治理开始吧。

　　社会靠发达的文化来完善社会，人类靠诗性的光辉来完美自身。一个没有诗歌的民族必定是一个愚昧的民族，而愚昧的民族是不可能强大起来的。诗歌是国运强盛的产物，一个国家从贫穷落后走向强盛没有一百年的时间是不够的，汉朝用了一百年，唐朝用了一百年，宋朝也用了一百年，我们现在已经走完了五十五年的风雨里程，再有四十五年我们励精图治我们必定强大，我们满怀信心，期待着一个伟大时代的来临，一条诗歌的大河，将负载着我们走向美好的未来。

2004年5月3日

树的呓语

杨春礼 著

黄河出版传媒集团
阳光出版社

图书在版编目（CIP）数据

树的呓语 / 杨春礼著. -- 银川 : 阳光出版社，
2013.8
（绿地文学丛书 / 高耀山主编）
ISBN 978-7-5525-1007-2

Ⅰ. ①树… Ⅱ. ①杨… Ⅲ. ①诗集－中国－当代
Ⅳ. ①I227

中国版本图书馆CIP数据核字(2013)第203265号

绿地文学丛书　　　　　　　　　　　　　高耀山　主编
树的呓语　　　　　　　　　　　　　　　杨春礼　　著

责任编辑　冯中鹏
封面设计　邱雁华
责任印制　郭迅生

黄河出版传媒集团
阳　光　出　版　社　**出版发行**

地　　址　银川市北京东路139号出版大厦　（750001）
网　　址　http://www.yrpubm.com
网上书店　http://www.hh-book.com
电子信箱　yangguang@yrpubm.com
邮购电话　0951-5044614
经　　销　全国新华书店
印刷装订　银川市开创广告印刷有限公司
印刷委托书号　（宁）0015449

开　　本　880mm×1230mm　　1/32
印　　张　6.75
字　　数　150千
版　　次　2013年8月第1版
印　　次　2013年8月第1次印刷
书　　号　ISBN 978-7-5525-1007-2/I·356
定　　价　298.00元（全十册）

田野上（代序）

谷雨以后，憨厚的土地上
玉米，麦子，向日葵，个个都是
母亲精心抚育的孩子。它们肩并着肩
沿着最后的春光，谈笑着

野草湾，是我的村庄
五月，一朵饮露的苦菜花喊我
就是童年的那声叫
沙枣花的香，让我沉醉

这个季节
融化不了爱情，多年以来
我只用圣洁虚构初恋
半个月亮的浪漫和忧伤
缠绕着我

我曾是多年前那个牧羊人
从黎明开始
我的羊那么温顺
心中始终藏着家的方向
田野上

一片旺盛的白杨林
顶着烈日，迎着热浪
我们的命运是那么相似
贫贱而平凡
曾经被流放，曾经被移植
也曾遭遇砍伐

一行大雁牵动秋风
夕阳暖照
村庄以外的苹果园弥漫浓香
一株倔强的红柳，多像我
弯着腰，在风中奔跑

目　录

第二辑　身后的阳光

第三辑　迈过脸的月亮

第一辑　树的呓语

…… 我一直都在倾听

我没有直接喜欢春天

我没有直接喜欢春天
而是把那些温顺的羊，成天圈在栅栏
让它们相亲相爱，生儿育女
依偎在一起晒太阳，像一堆安详的白云
有时，我也看出它们对我的不满
为什么不放它们出去踏踏青，撒撒欢
尝尝鲜嫩的青草，嗅嗅细小金黄的花朵
其实，我只是不想让它们踩坏
春天故意铺在斜坡上的花裙子

我没有直接喜欢春天
我喜欢了，一幅已经上好色的图画
我没有直接喜欢桃花
我喜欢了，两只迷恋花朵的白蝴蝶
我没有直接喜欢你
我喜欢了，你荡漾在春天的微笑

村庄在岁月中前行

巴掌大的村庄，喜鹊是最吉祥的鸟
把家搭建在村头最高的树上
一方水土哺育的香火，在诵经声中开疆扩土
村庄在岁月中前行，逆着日月的光芒

它还没有一条私有的河流可以自豪
也没有一座私有的山峰可以骄傲
屈指可数，一片祖先的墓地
连着母亲的麦地，父亲的果园

四季的花草树木
村庄换洗的衣衫
裹不住另外的荒凉和贫穷
云朵的帽子遮不住鹰的向往

二十四个节气的令牌下
站着二十四件被泥土打亮的农具
如一组古老的乐器
被风，吹拉弹唱

仰望，一场雪

这场雪，下与不下绝对不影响我对它的期盼
野草湾，每到这个时候总是破败不堪
僵直的树木已被寒风揉进三九天的凛冽
我只能从一首诗里，掏出火焰

午后，我们同时看到了零星的雪花
看到我梦中低飞的蝴蝶
有一半的欣喜，不是为了自己
满山的灌木和衰草开始陶醉

大地的梦境，梨花飞舞
仿佛幸福就是白色的
很快涂白一座山
我不时的仰望，幸福的高度

翻过山，村庄正在更换节日的盛装
命里，谁在追赶，十二只性格不同的羔羊
它们是依次下山的，等我下山的时候
一支披麻戴孝的队伍，已经
走的十分缓慢

一弯新月的故乡

以努哈圣人方舟的名义，为一弯新月的故乡命名
无数个外乡人挤满村庄，组建新的故乡
一弯新月，升起梦的桅杆
他们以双脚为根，长成乔木和灌木的丛林
田野的甲板上排列的大豆、玉米和各类果树
已远远高出春天的界限
低矮的仓房住满鸡鸭牛羊、鸽子最温顺的家禽
他们以公鸡的鸣叫为时准
他们以黎明的班歌为号召
他们以沙为海洋
他们以草木为波涛
他们以真主的指定为航向
驶向天堂

不停或者继续

在这个春天里，我不是一个闲人
有时会忘记剃胡须，修指甲
不讲究穿着，也不觉得土里土气
我管不了小城里广告墙上楼价的升降
我不敢问津集市上蔬菜的价位
我会不停的翻版安康的生活
或者继续复制平静的日子
即使，你用眼睛的余光看我
怎样被二十四个节令依次拿走朝气
即使，你说你已经实现不了我的愿望
任我依然抱有幻想

在这个春天里，我还是有一些盼头
我要在花开之前医活那些生病的苹果树
我要在风来之前夯实那些新栽的绿化树
我要在雨来之前不睬踏刚刚破土的嫩草
我要在你来之前准备一瓶好酒
在这个春天里，我也会呆呆的看
一小股快乐的旋风，顺着
还没来得及展叶的苹果树行

挟带一些尘土向我撵来
让我揉着眼睛却没看清楚
它又藏到哪棵树的后面

匆 匆

他们都行色匆匆
一棵树和一片林子
各有各的寂静和不安
我走过去的时候
一条小路隔在中间
它们的眼眸
轻轻晃动着
尘世的黄昏
和闪烁的灯火

深 秋

疯狂了一夜的风，好像累了
才算彻底吹尽残留在枝头上的叶子
再也听不见叶子哗哗的声音了
也许，这是风在叶子上舞蹈的最后时光
高高勃起的枝桠上盘踞着三只花喜鹊
争先恐后的说着什么，或许是一些
我们永远都不知道的秘密
我走过那棵树的时候
它们没有丝毫的惊慌
大约八九点钟的光景
地上的黄叶和荒草上的白霜已经消失
充足的阳光在尽情洒落
低矮的村庄忽然就高大了起来

秋天的路上

天上飞的不知道是第几拨撤离的大雁
雁阵缓缓荡过灵武西湖湛蓝的水面
秋天的路上
我与大片大片的金色正在被分解，蚕食
空旷里，闪现着几只放野的牛羊
已经红透的长红枣焦急地等待幸福的通知
远处，忙碌的村庄在一团巨大的火焰里
晃动了一下，就拐进暮色
挟持果香奔跑的秋风，与我擦肩而过
好像要急着离开尘世

葡萄熟了

我喜欢到离村庄不远的葡萄园去
走近只有在这里存在的静溢
时光在午后轻轻移动我们叠在一起的身影
好像要移走彼此的寂寞，或者更多

站在我身旁的这些葡萄树
像一列列英姿飒爽的女兵
捧着我沉甸甸的喜悦
对着秋风轻声朗诵

借你两片深绿的叶子
接住九月最甜蜜的声音
她们清透的目光交织着热烈的爱抚
多汁的内心翻滚的细浪
都是汗水酿成的琼浆

透明的夏天

正午的太阳光直泄了下来
纯粹的光芒咄咄逼人
我不知道，风躲在哪片小林子里午睡
靠近路边的灵武长枣树上
已开满细碎金黄的花朵
花枝上，一只小蜜蜂的舞蹈很轻
歌声很细。在不远处的小水渠边上
一棵小白杨拖着修长的影子
向另一棵轻轻挪动
它要小声说出今天的惊喜
它的身体里躲进了一对正在热恋的喜鹊
而此刻，我在绞尽脑汁地等待
一场霏霏细雨的沐浴和滋润

林　场

被安放在荒漠上的这片林子
汲取了，一代又一代人的心血和汗水
茂密的让阳光落不下来
宽广的让鸟雀飞不出去

一棵经年的白杨树
无数次的站立在我的梦中
它始终保守着
我第一次约会的秘密
当时，你脸红的像一枚出众的苹果
使那个美丽的秋天
短暂的只剩下一个寂静的午后

春天，接近阳光

春天，我只想接近阳光
阳光里透着幸福的味道
能够充盈强健的身体，于是
我用大量的时间放弃，楼沿射出的微弱光线
用丰富的想象调制，心情的愉悦
在生命的起点，铺一片嫩绿的草地
暖风的呼吸，让大地明亮而舒畅

春天，我只想贴近花朵
我用最短的时间省略，都市的喧嚣和尘埃
用二月的雨水，三月的汗水
压住一场沙尘风暴，使每一个花蕾都绽放美丽
在春天途中的花园安排简单的茅屋
放蜂人和牧羊人都是我的朋友
一起谈论蜜蜂的忙碌，羊群的安详
春天，我只想靠近一幅晾晒的画卷
有一片地是陶渊明的菊园，离天堂很近
只隔一条清澈的溪流
流淌着牧童的笛声

高贵的苹果

那枚苹果
在枝头不停地晃动
不停地借助风的力量
想摆脱一棵树

我轻轻的把它捧了下来
怕它摔着
就把它摆放在高处
不让任何人去碰
尤其是那些贪婪的人
每次看它，只用温情的目光
也许因为我过多的爱怜
发现它惊艳的美里
隐藏着隔世的孤独和忧伤

苹果园

多好啊，像一只轻盈的蝴蝶
飞不出迷宫一样的苹果园
这时候，风故意摆弄那些骄傲的枝头
从叶子晃动的缝隙漏下的阳光
那么柔软，让苹果树更加生动
穿过树膛的风很轻很细
已经掀不动正在上色的果子
野薄荷的清香不知道从哪棵树下
一股一股飘来
我的妻，多么的勤劳
围着一条鲜红的围巾
很熟练的挥着镰刀割树下的杂草
此刻，一只受惊的野兔
蹿出好远后又停下竖耳倾听

忧伤的葡萄树

为什么不能尽情的舒展
竟然辜负了春天的意愿
泛黄的叶片上已染上
雨水和空气传播的病斑

果农心爱的葡萄园里
她柔美的脸庞正在转入乌云袭来的阴暗
也许明天依然成为路人谈论的焦点
微风中有一根细嫩的丝在枝头一闪一闪

舒 展

秋天还在继续恶化
如同一个人，病入膏肓
一枚果子正在腐烂
四周拥着些蜜蜂，诵念经文
附近的树都在失声痛哭
我看见那个奔丧的孩子，在翻一坐山
没有一点准备。悲凉
就把住了所有的路口

一双手无法推醒另一个人的梦
谁也带不走那些花的眼神
那些亲切的草木
已鞠下了腰身致哀，它们都是我的好兄弟
请不要悲伤，尽量让劳顿的身体舒展些
像一片轻轻落在地上的叶子

花　期

又一个春天
村子被一片果园围在中间
像是困在一幅画里
云朵都那么安详
风儿屏住呼吸
生怕伤到已经展开的花朵
这时，我看见
雪一样洁白的小苹果花
同时交出了
那些蜜蜂想要的纯洁

果 香

是谁的牵挂，在你柔弱的枝头
越来越沉，阴蔽在枝叶间的果香
一股一股释放，如同呼吸
我喜欢闭上眼睛，深深的闻着

你已忍过了青春的苦涩
也忍过了无数的风暴
比如尘埃，农药，灼伤，虫蛀
或者失落

秋天忽然停了下来
妄想的秋风绕过我的身体
翻拨着那些本来安静的叶子
盘问过你的命运
那些叶子就黄了

迹　象

除疲惫外，还有迷茫
我不界定是什么样的一种病症
像一束闪烁的影子

为什么总在期待
如同盛夏的树
期待风雨，又渴望宁静

一缕清风奔向远处
远处却是离我们最近的荒漠
然后我们就陷进更深的荒凉

谁是谁风景里的风景
晴朗的天空没有云彩
漆黑的夜晚看不见月亮

人生犹如一次孤独的旅行
只有一束影子
从我的身体无数次的进出

丘陵之上

云层，厚重，迟缓，低幕
村庄以东的沙地，植被安静
忽，有风惊慌
盛夏，枯闷，骄躁，高亢
一股花香从情人的衣衫溢出
我不保证你一定会被掺有香味的雨水感染
丘陵之上，我被一棵树拉进怀中
雨水正酣的时候
我和所有的草木从大地上再次升高

零下三度的忧伤

此刻，果枝上的花房里

花朵的姐妹，打眼影，涂红嘴唇

准备掀花房的天窗。迎接春天

摄氏零下三度的苹果园

幽灵般的春寒，手持寒光利剑

那些树木来不及披上护花的盔甲

无辜的村庄，捶胸顿足，束手无策

而我还沉浸在村庄的梦中

在梦中倾听

这片土地上的富贵平安之树在给我许诺

她说帮我偿还部分的债务

她说孩子的学费包在她身上

她说逢年过节不会像以前那样寒酸

她还说柴米油盐绝对不成问题的

春寒侵袭，拿走的不只是那些花朵的体温

它扼杀了一棵树许给我的诺言

它把一个村庄推向绝望的深渊
零下三度的忧伤里
我站成另一棵无助的苹果树
一只蜜蜂嗡嗡飞来又嗡嗡飞走
对于花蕊的遭遇它也没有想到

风吹着风

风早就吹冷了月光。北方
敞开田野
收藏起梦,一遍遍地倾听
村庄的鼾声。我放走了一天
又放走了一天,始终不能抵达有你的远方
光与影暗合的事物,总是纠缠不清
美丽从一场雪开始
再从另一场雪结束,残留的孤独
陪我走完洁白的过程
无法消融仅有的一次幸福,包括
另一只还没有飞走的喜鹊
我轻轻的,不让这个细节受一点惊吓
举起那只高脚的玻璃杯,在圣诞夜以前
饮下月光和祝福

秋 色

一群雁
轻轻擦蓝，北方的天
田野上
几台收割机，掀动了
一片金色的海

那些果实说熟就熟了
珍珠玛瑙一样
炫耀在枝叶间
我是多么疯狂的像个强盗
掠夺着秋天的宝藏
那些金箔一样的叶片
没等风吹来就落了
我反倒空茫了起来

初秋的雨

初秋的雨
酣畅的释放长夏的压抑
夏花已无法留住绚烂
秋叶已被涂上静美的底色
做一个顺从季节的人
以潇洒的形式
从夏天结束
从秋天开始

落 果

落就落了
就当已经走完一生的路
不要怨秋天太短暂
我知道你已经尽力了

落就落了
就当前世已尽
如果要怨，就怨我吧
我不做任何侥幸
谁先落只是顺序问题

四季田野

大地是张黄底的宣纸
春天的妙手，润了润雨
点活了绿树红花和绿油油的庄稼

一幅庄户人晾晒的油画里
夏天的镰刀，沾了沾汗水
收走了父亲的麦子

秋天，灯芯一样的果实
缀满幸福的枝头
照亮最美的村庄

冬天，是张珍贵的底板
谁家的喜字贴红村庄
一张张被镶进岁月

静夜山村

村庄，像个熟睡的孩子
静溢的月光里，果香袭人
柏油路两岸的杨树，卫士般挺立
此刻，谁也不知道风
在哪个方向躲藏
只听见远处水声哗哗

长红枣

摘一粒红宝石般的长枣
轻轻的放在唇边
谁的心点燃，渴望的天空
深入一粒长枣的内心
就看见盛世的田园
一夜的雨水
让枣乡的风哽咽

一块荒地

这块几乎被我遗忘的地
曾经给我收获的喜悦
如今却野草遍地。我看到
多种野草还能在这块失水多年的地里
顽强的生长，我又有了
把地还给耕耘的冲动

最　后

一棵得了干腐病的苹果树
部分的叶片已经蔫软变黄
我十分痛惜的锯下最为严重的病枝
它没有喊疼也没吭声
也许它把生命看得很轻
只是，可惜那些果子还很幼小
几天后我发现截肢的伤口边上
努出了一些新的嫩枝让我吃惊
又过了一段时间，那些枝条全部枯萎了
我知道它已经尽力了

水声贯穿夏夜

夜色恍惚。村庄
不失它的成熟和庄重
倦意的眼神里，月亮
泛红，消瘦，几尽消散
星光转入银河

山坡上，一股水奔跑
震撼如鼓，贯穿夏夜
有一些树在暗处窃喜
其中，一棵呛了水的树
惊醒，睡梦中的知了

春　天

大地的确不曾沉睡
在一个叫春天的日子里
人们四处奔走，相互祝福
传递她的温暖和热爱

爆竹声后
吃过元宵
龙，就抬起头
正好看见我在土地里埋下的梦
再后来，那棵与我有关的桃树
举着焰火

我心疼着，黄河以东的村庄

沙窝子以东，还是沙窝子
毛乌素的春天还是毛乌素
这个疯狂的女巫赤裸着肌肤
不停地变幻着放荡的姿势

我心疼着，黄河以东的村庄
毛乌素以西的校园
三月的麦子
嫩秧秧的身子还有
铁儿，那花瓣瓣的脸蛋

三月我们去治沙
天一麻麻亮带上铁锹
带上干粮和水
给婆姨围好花围巾
村里只留下豆豆和虎虎

到毛乌素的深处
三月的深处
劳动的深处
金属的铁锹

金色的麦秸草
脸子吊着的队长
一群侃着浑话的婆姨们
想和女人掼跤的汉子们

在三月，以及整个春天
编织一张金色的网（草方格）
缚着女巫的胳膊，乳房
和放荡的姿势

雨

云幕，拉近与大地的距离
然后多次调整风的方向和速度
尽量让雨珠垂直下落
雨珠的份量正好是泪水的份量

下雨了，由疏渐密
鸟雀，虫子们依次安静下来
村庄，田野依次安静下来
无精打采的毛乌苏也安静下来
一窝小蚂蚁迅速将新猎物藏匿
村口几个孩童欢呼雀跃
几个过路的男女护着头，略显几分惊慌
这个极其烦躁，闷热的夏日
此刻像一块被投进水里淬火的铁
顿时凉了下来
万物似乎都在静静聆听，感恩或者赞美
这是一场多么金贵的雨水
这是一场天对地酣畅淋漓的叙述，表达
整个过程无处不流露着真主的旨意和恩赐
让所有的敬畏和感激
都沐浴在神圣而华美的乐章里

持续的时光

这样的时光，将会频繁的出现
热情似火，这绝对是在描述伏天的骄阳
水呢。问一条穿过庄稼干枯的流向
风呢。问一块高出草地滚烫的石头
我是多么焦躁的如一只热锅上的蚂蚁
在一片金色的葵花地上捶胸顿足无法拯救
我对不起春天的那些种子，那些高我的玉米
那些举着绿色的树，那一坡惊慌失措的小草啊
让我又想到了多灾多难的童年

新长城上

站在长城的垛口
这是一截模仿的新长城
没有经历过战争，六根清净

站在长城的垛口
我却发现夏天的战场
毛乌素的手上
正攥着一些草木的命运

五月，一个清晨

清晨，布谷鸟的叫声从远处传来
从跳出地平的橘色光芒
从晨光缠绕的林子
只沾一滴露珠就那么清脆
院子里的酸杏子还没有泛黄
这不影响
那几只麻雀按时落在枝上

渴 望

我不想把你刻画成北方的那座山
一座突兀的山　默默的忍受着
烈日的白眼　看不到生机
在被山扭曲的小路上　我听到
一声巨雷般的呐喊
谁砍伐了枝繁叶茂的夏天
让我伤痕累累，途径西海固的路上
我迫切的渴望着水

我必须去寻找　去寻找
那些长着脚的树
难道它们为了给寒冷一夜温暖
偷偷跑下山　将自己挺拔的关节
一节一节烧掉　或者
被一个持刀的木匠挟持
我发现，不只我在寻找
喜鹊和乌鸦在寻找
兔子和狐狸在寻找
啄木鸟和松鼠也在寻找

我是多么的渴望水

我用干裂的嘴唇亲吻 干枯的土地
就是那种在生命里最高贵也最卑微的水呵
多少山里人 多少庄户人都在渴望
渴望它回到大山的怀抱
回到黄河的故乡
路过秦渠，汉渠，唐徕渠
以及无数细小支流
到我们的庄稼中走走
看看那些嗷嗷待哺的孩子
我哭泣着，趴在一座废弃的水窖沿上
喊你，直到月光里，直到
乳汁一样的甜美的睡梦里

夜的部分

野草湾
村庄静卧
这只疲惫的骆驼，它真的累了

月亮，躲在一片薄云里，屏住呼吸
这闺中忧伤的新娘

老房子，屋檐的缝隙里
那只怕冷的麻雀
向另一只靠拢时
弄出了轻微的响动

一只猫，在墙头上
蹑手蹑脚

几朵迟开的苹果花
一点也不掩饰它的娇美
已近展开的嫩叶举着露珠
几片叶子正被蚜虫蚕食
露珠也受到伤害

春色正浓
一些小草仍在努力

墙角，那只早已布好网的蜘蛛
把自己悬空
在暗中预谋

黎明，一只公鸡的鸣叫
把夜撕开一道缝隙

回家的麦子

杏子黄了，麦子熟了
麦子，多么亲切的名字
教人越叫越亲，越叫越近
父亲老早清理出一间房子，准备
迎接回家的麦子，像是
要迎接自家回门的闺女

一年一次，如期而至
在盛夏。在河套平原
五彩斑斓的土地上，一顶金色的草帽
一条浸汗的毛巾，一壶水
各种农机具的喧闹，这是田野最动人的
风景，只为迎接回家的麦子

回家的麦子，脱掉金色的麦芒
如同替父从军的花木兰脱掉了盔甲
凯旋而归，满面红光，身板硬朗
被父亲捧在手心，每一粒
都像是父亲要说的话

夏日的夜风

夜晚总会吹来凉凉的风
从远方吹来荡过田野
白日里那些讨厌的麻雀已经没有了动静
我想它们温暖的巢穴里也是一片鼾声
就像此刻的村庄
站立在村庄四周那些高大的白杨树
跟着风的节奏来回摇曳
它们怀揣着一窝小喜鹊的梦
趁着朦胧的月色
向黎明的高地集结

七 月

我兴奋了起来，随着车子在简易的搓板路上颠簸
各种沙生植物和人工苗木组成的方队，波澜壮阔
行走在一片绿色的原野上，我遁入了一只壁虎的
爬行
看到那曾经肆虐的沙堰，被绿色锁进根里
牢牢地深深地。一块滚烫的石头是多么的冷静
把七月的流火藏进身体。大海子滩的烽火台
站在高处倾听绿色的波涛

很多感人的故事都过于真实
林业人，他们是多么的平凡而又伟大
把一颗颗坚强的心，树一样栽进荒凉，用
无数个昼夜，把执著的梦想举过头顶
跨越奇迹，灵武山川的锦绣，在
毛乌素，无限延伸

面朝黄沙

沙漠不是最后的绝望
灵武镇河塔尖闪烁着朝阳的光芒
一位成长在毛乌素边缘的人
在这个季节，种植着自己的双脚
和十根粗糙的手指
用汗水滋润身后的荒凉
直到一丛丛灌木高过双膝
仍然面朝黄沙，冬去春来

秋已来到塞上

一些雨水带来一些凉
翻过贺兰山，过黄河
水亮水亮，秋披着一件五彩的衣裳
一些果树，已经失去把头抬起来的力量
背着沉甸甸的果实
往村庄里奔跑
激动的麻雀，在谷物的早餐前歌唱

昨夜，一些雨水带来一些凉
秋已来到了塞上

我爱你，盛大的秋天

夏日的温度，已被远方的风抽走
各种瓜果谷物成熟的美，更加热烈
我爱你，盛大的秋天
洁白的云朵就放慢了脚步
尊贵的九月，国槐花金黄

今夜，风与我擦肩而过
月光倾泻如水，我看见
几尾安详的鱼游向天堂
一只蝉，突然停止歌唱

我仰望高处，捧出大地丰盛的果实
我心存感恩，敬献秋天斑斓的色彩
我跪坐黎明和黑夜的神圣殿堂
祈福，吉祥的大地迎来的秋天

晚秋的暮色里

多么短暂的时光
我怎么能够忽略，夕阳
悄无声息的滑落
西天的晚霞，燃着一片林子
一直烧到收获的村庄

这样的时光，怎不让人叹息
好多的事情，来不及完美
一树红苹果，已不知去向
一地蒿草，被秋风翻来覆去

此刻，树空的如同一个人的内心
那些凌乱的枝条，像是僵硬的手指
伸向天空，似乎想要抓住些什么
晚秋的暮色里，我感觉已经老去

一枚果子

不要抱怨什么
一个花骨朵就是一个藏着的预言

青春期里青涩的爱情
最经不起风雨的考验

有时候花开花落
不一定掌握在自己手中

秋天走的匆忙
带走了一些，也留下了一些

一夜雪花

梨花一样碎的瓣儿
这人间最干净的银两
一片紧跟着一片，漫不惊梦
天亮了，还是一个劲的
没有后悔，只有来意
用她的本色，掩饰我在生活中的
疲惫和匆忙。这样的来意是完美的
这样的完美是纯粹的
如初恋时的一次约会
巨大的喜悦将我吞没
她举着祝福，穿越寒风和节日
奔向我身后最强大的春天

今夜树很静

今夜，一树的叶子
停止了喧哗，鸟们
躲在深夜的细节
回想着，白天的争论

今夜，一河的水
还在继续前进，鱼们
已经不在乎高潮迭起的漩涡
抱着一根水草
在梦里漂泊

今夜，村庄静如月下的哨兵
靠着一棵古槐，打盹
诡秘的鸟偷走了满天的金星
狡猾的鱼偷走了一河的水银
于是，麦子断了最后一口奶水
嘴里咬着一把疯狂的镰刀
在天黑之前，被火速转移
一个叫粮仓的城堡

今夜，树很静

鸟停止了争论
鱼停止了埋怨
抱着月亮的灯笼
潜回了村子

当冬麦在夏天成熟

当冬麦在夏天成熟
一群强盗的麻雀
一次疯狂的掠夺
首先，掏空稻草人的心脏

当冬麦在夏天成熟
麦子正经历一次遭遇
然后，我听见稻草人
抱着坚强的麦子哭泣

最后的稻草人

我是走出村庄

最后的稻草人

站在四季的田野上

偷窥月亮的心事

捉摸花朵的秘密

听着静静的夜

一声蝉的鸣叫

盖住了一滴水

春天来了

我是多么希望与你一起倾听
春复活的声音，被一只蜜蜂小声哼唱
阳光像一匹柔软的绸缎
落在地上
怒放的花朵
忘记了羞涩

梦里村庄

一股细细的，小的支流向五月的果园快乐奔跑
路边，高大的白杨树上，鸟雀在晨光中愉快歌唱
青青的草地上怒放着傲慢的花朵
从远方来的游人，你不向往吗？梦里村庄
怀揣绿色的梦，顺着露珠碧翠欲滴
正在败落的梨花，飞的不全是花瓣
有一部分是蝴蝶

走在静默的小路上

没有谁强迫我，走在静默的小路上
这是一条往日劳动时必经的小路
清冷的月光下，我沉重的影子
随我向前移动。它没有像我那样不停地颤抖
初春的夜晚，田野还是那么荒凉
我不知道为什么来到这里
是来探望那些亲切的树木吗
或者倾听它们微风一样的倾诉
已经历了一个漫长的冬季
一定有很多话要说，可是谁也不吭声
像一列倔强的士兵。最终
我还是要离开的，不知它们是否感知
我的到来。远处
几盏灯火，闪烁着温馨祥和
恰好被我看见，一起带回了家

走在春天

黎明，比起冬日又稍微提前了一些
大地正从一个睡意未尽的哈欠里醒来
勤劳的人们身披曙光，走在春天
他们明明白白，经验丰富

他们知道什么样的土壤里
适合种下梦想
什么样的枝头能结出愿景
什么样的付出，才会有想要的收成

走在春天，暖风轻拂
金色的阳光尽情倾泻
几只吉祥的花喜鹊口无遮拦
吵醒，我的梦境

大 泉

这里的确活跃过一些自涌的泉子
甘澈清冽，水草丰茂
野鹤闲云，牛羊悠然
大泉，也许因此而得名

这都是很多年以前的故乡
它已经有名无实
苍老，木讷，颓废
它抱着唯一的湖泊
一面唯一的镜子

现在是冬天，湖面封结
风在湖面上滚动着光影
一只白鹤收紧身子站在堤上
它一直保持站立的姿势
它一直替我忧伤

午后的渔塘

我有意写下一小片水域
它主要有渔塘，水田和芦苇湖构成
离一个叫上滩的村庄不远
离一个叫坟台梁的地方很近
我站在坟台梁上就能看到
被框在镜框里的山水和田园
它已经不需要被临摹或上彩
午后时分，一片寂静
正好不惊扰太阳投放一些
暖色的霞光在渔塘的清澈里
一个正在水田里补秧苗的女人
她顾不上去观察塘堤上
有两只正在暧昧的水鸟，毫不设防
一些树把头倒扎在水田里看着她动人的脸庞
整个午后，还有一个垂钓的人
隐藏在渔塘边的杂草中
我看得出他是一个闲人
他用大量的时间在等待
他心目中的那条鱼
会轻轻的咬他埋在水里的钩
而我只想借这个人垂钓的姿势来忘记人间

像树一样活着

它们不会计较谁把枝搭在谁的肩上
它们时而舞动，时而静默
他们不比年轮多少，不争个头高低
它们允许鸟雀住进心房，小兽在脚下小憩
它藏纳阳光，呼应月亮
它们是我活着的榜样

第二辑　身后的阳光

……我想，自己能够放出光芒

七月之诗

七月。一个人向黑夜走去
他说要在公鸡鸣叫之前
提炼出粒滴露珠
一粒放到刀刃上
一粒放到眼睛里

大地宽容了一股流窜的火风
也宽容了一地悲悯的草木
他合上眼睛
借一棵树的梦境转述
被宽容的罪过
月亮里站着一棵虚假的树
沙粒困住了灵魂
他死活都不当诗人了
他将在七月被渴死

路

我始终说不出
一个人的一生究竟有多长
只是忽然觉得
我就是自己的路
泥泞了一生的 从生至死的距离
总是向着同一个方向
向着同一个方向 慢慢塌陷

它的一端 静静伸向田野
黄昏就在前方
烘托着我的茫然
一棵站在路边 经年的树
在过往的风雨中 低低吟唱
我想，它也说不出
自己的年轮究竟有多少

雷雨夜

闪电亮起
那棵树伸手抓住风
好像要离开

惊雷滚过
那棵树松开手，接着凌乱的雨
洗湿了脸

夜再次亮起
那棵树已泣不成声
祖国啊！我也是从那一刻开始

雪　地

走在白茫茫的雪地，就如
一只蚂蚁爬在一张空白的纸上
童话和森林是一本还未翻开的画册
我撕力的呐喊
我是从你眼里逃出的困兽
我没有资格做你的王
我一直在逃
却一直逃不出你的底线

划过人间的流星

夜风，吹灭了灯盏
却吹亮了星光
当星光被吹出天边的时候
天就亮了
这是我梦里的那个明天
我看到梦里许多美好事物
从眼前一一晃过
像划过人间的流星。让你
什么也留不住
什么也带不走

梦想，蒲公英的种子

那么轻，那么柔弱无骨
像浮尘一样自由
光芒中，我看见了飞翔
从春天绿茵茵的草丛里

我的梦，也是那么轻
像蒲公英的种子
童年只那么轻轻一吹
就带我去漂泊

初 冬

初冬，村里的人们相继回到城里窝冬
一把锁，锁不住一个村庄的寂寞
那些落光叶子的树木
那些裸露的土墙
在阳光里捶打着我的关节

虚妄的夜晚里梦见你的媚笑
点燃一片娇艳的桃林

借着一朵桃花的光芒饮下春色
然后看见一堆陶醉的黑泥
被什么撕扯

霜　降

秋已深
枯萎而深黄的白杨树叶
早已散落一地

散落一地的叶子啊
怎么也掩埋不住时光的容颜
又被一层白霜覆盖

吴家湖

是这个以姓氏命名的村庄把我养大
在土豆丰收的那年依然没有拿走贫穷
在我离开那里以后，偷偷地改变
让我认不出童年的场景
包括一些人的命运
多年以后
我还是无以回报
只有用一些简单的诗行
让那份爱更加深沉

渔塘里的水

这些水应该来自黄河
也许有极少的一部分是天上的雨水
它们通过各种渠道汇集于此
当然，路途当中有的被分流用于灌溉
有的在路途中撕开决口逃逸
有的被牲畜和人们饮用了
我站在高高的堤上揣测着这些水
它们如同被驯服的羔羊
有时候它们也想借着风势蹿上岸
它们不甘心被禁锢
它们串通一气，看似温柔和安静
但它们的内心始终有一股暗藏的冲动
至少现在它们已经爱上池塘里的鱼
我敢肯定一有机会就带上鱼离开

年迈的母亲在乡下

又到了换季的时候
在乡下的母亲总说
黄土都壅上了脖子
我已经是一堆土了
一动就散啊

其实，有很多的时候可以
回到乡下看望年迈的母亲

母亲被臃肿的包裹着
身上散发着中西药混合的味道
在我来之前，母亲静静的
端坐在屋檐下的小木凳上
依偎在冬日沿墙折下来的阳光里
轻轻捶打着，已经很脆弱的关节
像是一下一下捶打着
仅剩下的，玻璃一样薄的时光

很多的时候，我们是多么自私
母亲总以为我们实在忙得抽不开身
每次回到乡下，母亲总是挥手示意

去忙吧，看看就行了，我很好
去忙吧，看看就行了，我很好
即便我知道这不是她的心里话

雕　像

我坐在广场的中央
直到午夜
我窥视到诡秘的月亮
在偷偷涂改
一座雕像的颜色
巍然屹立的雕像
比我更像一座雕像了

天 空

周末，天很阴沉
没飘一丝雪花
这不是我的期待
所以天气一直是灰暗的

一群灰鸽子在飞
在城市的上空
飞的很低
集结成群
紧密有序

它们总共从我的视野飞了三圈
然后就消失了
在飞翔的过程中
有没有一只鸽子
俯视下来
我当时就爬在五楼的窗子上
向它们挥手
在一幢像笼子一样的楼层里
向它们挥手

阳 台

外面很冷
冬天的太阳已经升起
把楼的影子拉长，然后
再降低。一个人正在处理垃圾
弯腰的时候，阳光又升高了一寸
我轻轻拉开阳台上的白色纱帘
阳光每天都是这个时候透进来
你在或者不在
那束兰花快开了
它在静静的沐浴
小圆桌上，诗刊月报的封面上
诗人策兰的眼神一直盯着
这束阳光，直到离开
午后，他的脸也随着阴暗了下来

身 世

像一位行动缓慢的老人，眺望
一生的河
体内疲惫的马匹，已无力仰天嘶鸣
季风涤荡着，十一月颓废的草场
大地已明显空旷，寂寥，悠远
一只自暴自弃的黑鸦
早已容不下一个村庄的凄凉
北方的冬日，从一条河中
拿走了咆哮。某个正午的
阳光里，仍然隐匿着一些
阴暗的眼神。我会彻底宽恕
尘世的狭隘，以及一场被谎言
篡改的雪。我不害怕我的身世
会被谁反复推敲

末班车

夕阳。一沉再沉
暮色漫漫，层林尽染
远山。迎接落日的苍凉
我紧攥心中的暖
却无法拒绝巨大的黑
迅速裹来。等待
末班车，如同等一个人
心急如焚
夜色漫漫
我一沉再沉
被淹没

夏 夜

一遍一遍，这凉爽的风
不停地重复着自己
重复着已深陷夜色的野草湾
明月中天
正一寸一寸，挪动一个酣睡的村庄
那些摇曳的黑色的林子
像一支陶醉的乐队

一遍一遍，这凉爽的风
总吹不散槐花的芳香
谁轻挑星星的灯盏
走在路上

一只白鸽子

屋檐上不知何时落下一只白鸽子
它是处于哪种原因落下来
也许是迷途，也许过于疲惫
也许是天使的造访

午后我从地里回来
它依然没有飞走
像一团安详的白光在地上移动
我是有私心的，它没有看出来

很容易就逮住了它
用一个小铁笼子
关住了它的自由和快乐
它是多么的懊悔，并且埋怨着

但它一定不知道
夜晚经常有一只野猫出没
第二天早上，我有点不情愿的掀开笼子
它比一棵更高的树飞地还高

陶　醉

对红花在昨天夜里把苞全部打开
艳丽的像一对双胞胎姐妹
你很在乎这盆最先开放的花
不让任何人碰，除了从窗子进来的阳光
然后轻轻蹲了下来，闭上眼睛
把脸凑了过去，像只蜜蜂

萦绕在心头的梦

场景里没有阳光
一片昏黄，也没有树木和村庄
天空弥漫着尘埃
我看不见恐慌
我听不见哭喊
也没有遇到亲人和朋友
人们只顾着向一个方向奔跑
梦醒后，心生疑问
难道这就是被环境抛弃的那一刻
我们究竟要走向哪里

伟大的施舍

——读屠格涅夫《乞丐》

在一些繁华的街上，都有乞丐行乞
这不足为奇。被贫穷折磨着糟践着
依然执著地活着，没有一点对生活
的畏惧，退缩

在一些繁华的街上，屠格涅夫只有一个
只有一个屠格涅夫，面对
对面拦住自己的乞丐，摸遍周身
却没有一样物件可以拿来施舍的
多么的内疚，紧握住他的双手
"请别见怪，兄弟
我什么也没带，兄弟"

多么现实的繁华的街呵
多么温暖的施舍呵
让你看不出一丝的垂死挣扎

启 示

我已经从你的命运之中得知
我们相似的命运在不经意模仿
真不应该知道期限和结果
这被一再复活的草木举起的尘世

那一刻只因为安静，因为
不堪负重的灵魂背上
沉重和指责。这是一片
已经选择落下的叶子

把那具表面完美的肉身
安放在被黑暗缠住不放的子时
以梦重生，以重生引渡光芒
村庄和树木不过因你存在而存在的记号

心灵的万花筒，正迷失着自己
你看那荒芜的心灵，欲念丛生
我早就学着他们，用泪水欺骗良知和无辜
也曾引经据典宽恕堕落

把心放纵已是一错再错

那就把它禁锢起来，顺便堵上
泪水的出口，盲目些，再盲目些
眼睛里深藏着太多的诱惑

为什么放不下对你的贪图
这世上没有绝路，为什么还要难为自己
坟墓里真静，外面一片喧哗
让人顾不上祈祷和忏悔

巴格斯酒庄

贺兰山下，黄河在这里默默抒情
平原怀里，秋风追逐夏梦
"月光下，让我和你葬在一起"
葬在巴格斯的酒庄
一个女人的天堂
一个心生敬意的女王
她举起血色的酒
蜜一样的誓言和微笑
并列在初秋的正午
阳光轻舔，醉意的荣耀

这里没有喧嚣，忘记世俗
这里没有恩怨，忘记身份
花朵和荣誉的桂冠
闪烁着智慧和七彩的光芒
天堂只能用诗句去描述，赞美
桂冠只会戴在智者和王者的头上
心灵与玉石组合的宫殿，神的雕塑
超脱而安详
血红血红的葡萄酒
敬给从贺兰山
归来的诗人

哭 泣

一株青青的麦子
还没有看清自己
高举无知的麦芒
站立在一片慈悲的大地上
我绝对不会怪他

一双空洞的眼睛
是不会有天空和云彩
真的不愿意看到
他被一道闪电伤害
我内心的黑暗抱着夜哭泣

一座山，被风抽走生机

哥，你说要来看我
顺便看看我经营果园子
最好能在这个春天
至今也没能来成

倔强的哥哥一直都很俭朴
四十七个春秋里
与病魔抗争了六年
没有任何人能替他抵挡致命的一击
哥哥走了，从容安详
却惊醒了亲人的梦

记 忆

老屋用沉默的方式保留的几张黑白照片
闪烁着渴望的目光。孩提时代
天瓦蓝如镜。嵌着几片素云
记忆是只无语的候鸟
在心头回旋

我矮小脆弱的影子一直依赖着
坚强的的村庄。她是我一生地守护
她用苦菜和土豆把我养大
她让我在泥泞中继续前行
她让我在风雨中赞美和歌唱
她把时光的脚步藏匿在陈旧的座钟里
让我守侯
她把岁月的痕迹深埋进枯树的轮纹里
让我寻觅
岁月如一堵斑驳的墙
被树阴掩饰着，阳光
穿过一片麦地
路过童年和青春。我心中又
蓄足了一粒种子的力量
准备从秋天出发

寂静的午后

这个午后，云朵的缠绵
让天的蓝，静如止水
清风善意的打扰着一片浓密的林子
几只麻雀，被柔软的枝条弹来弹去
一台农机在庄稼里奔跑
村庄静静的，像一位沐浴阳光的老人
端坐在门口，沙枣花的芳香塞满了五月
让这个午后沉醉得如一幅画
我就是在这个时候回到村庄
正赶上院里的豆角秧努力的经过午后

夜　晚

夜晚，谁忽略了星空
我仰望整个黑暗中迷茫的眼睛
夜晚黑的那么完美，一些丑恶
都被隐瞒。那些辉煌的建筑在彩光中炫耀
我乡下那一棵棵朴素的树，不管
夜晚的黑，数九的寒都不吭声
它们守着梦，静静得在夜晚幸福

清水营

清水营，在我们到来之前
一定知道了我们要来
沿一截土长城远远拦住我们
在荒原上摆好了沧桑

这是一座废弃已久的城池
残垣中，盛满冬日少有的静
地上的瓦砾和青花瓷的碎片
卧在荒芜的蒿草中
隐瞒了曾今的繁华和喧嚣

我轻轻蹲下的时候
城墙上飞起一只喜鹊
对于这座古城我了解甚少
只捡起几片图纹好看的青花瓷的碎片
做一些猜想

雷阵雨

你看不见我体内的闪电
照亮蛇一样的裂痕

你看不见我胸膛里的天空
堆积起的乌云

你看不见我干枯的心肺上
被火焰舔过的庄稼

你看不见我坚毅的眼神
闪烁着光芒

你看不见一个骄傲无知的少年
在他的眼睛里，什么也没有

你看不见我的泪水里
隐藏的雷阵雨

彼 岸

夜是昼的彼岸，天堂是世间的彼岸
黎明的清真寺传来天籁的班歌
这是大地上最美的歌唱，此刻
环卫工已扫开大地上第一道光亮

晨礼后，迎着夏日的风
奔向坟园，去纪念一位亲人
他离开了我们，用一生的跋涉
抵达。他的彼岸，他的信仰
葬礼那天，云天如泣如诉
人们说他一定会上天堂

其实，回归是彼岸的抵达
天堂是世间的彼岸
离我们很远，也很近

夏　日

人们身着五颜六色的彩衣，是装饰
是掩饰，演绎人生的斑斓

夏日的炼火，夏日的水狱
出没在人间大地

一些人在这个季节的一滴水中求生
一些人在个这季节的一江水中逃生

水有多深
火有多热

我彩衣里数以万计的肉体和思想
你究竟还有多少数以万计的
遭遇和恐惧要去经历

烈日种下的火苗

你看，烈日种下的火苗和麦子一样高
随着锄把直往上窜

一个男人在正午给自己的皮肤冲凉
像是在焠一块铁
用尽了一桶水的温度

高考已经结束，一个血气方刚的少年
从一场战斗中归来
骑着一副玻璃瓶底的眼镜
驮着一个包袱，陷进十字路口

一个婴孩的哭，惊动了三个母亲的埋怨
只有一位母亲掏出奶子堵住了哭声

一棵树顶着烈日的燃烧
让几只麻雀在自己体内纳凉和聊天
有一个美丽的湖泊，内心安祥外表宁静
曾经淹死了爱情，复活了传说

我常常得不到自己的宽容
为什么不把爱还给爱

对一个环境的描写

那个下午
灰色弥漫的天气里
我们相伴着去银川
派克车内
你点了支香烟
然后听见咳嗽声
在车内弹起

能见度不见百米的高速上
密集的雨点
最后的雪花
肆无忌惮的沙尘
疯狂的袭击着春天

你抽完了烟
我就如车子行驶在
这个糟糕的天气里

四月十四日，玉树的春天

一

四月。我站在海子的诗行

感受，春暖花开

新闻联播里　西南大地上枯裂的伤口

欲哭无泪

四月十四日。玉树的春天

让我的声带沙哑

青海，玉树，地震

春风一下子从我的梦中抽走了阳光

我眼含着，青海湖蓄满的泪水

站成远方的另一棵树

走出村庄，守望受伤的春天

二

那个寂静的清晨

那个噩梦的清晨

在三江春水涌动的源头

在康巴汉子打马而过的高原上

在酥油茶和马奶酒飘香的地方

在格桑花盛开的春天

在佛香缭绕，古寺钟声悠远的结古镇

在文成公主庙前，格萨尔王英雄的碑前

一场瞬间的风暴，掠过家园

撕碎，春天里最美的画卷

玉树，站在海拔四千米高度

发出撕心裂肺的呐喊

玉树，卧在低温里流血流泪

玉树，在满目疮痍的废墟上，挣扎

寻找着，每一片生命的叶子

此刻，我多愿是这棵树上的一片叶子

和她一起受伤

和她一起坚强

三

玉树。青藏高原上最茂盛的生命之树

根深深的扎进祖国九百六十万平方公里的每寸土地

枝牢牢牵动着十三亿同胞的心扉

挺住啊！我们的玉树

我们最可爱的人来了，从天而降

亲人来了，希望来了，温暖来了

祖国来了，光明来了，从四面八方

把玉树紧紧的揽在温暖的怀抱

把玉树安顿在温暖的帐篷

给玉树盖上最温暖的被子

玉树，一切都会有的

在春天，请相信伟大的祖国

后　悔

开灯了，才知天已黑
我真的没有留意
阳光是怎样溜走
黑暗怎样逼近。因为
我今天根本没有出门
我在屋子里省略了
太阳升起与落下的时间
那是一页日历被翻过的时间
我暗自后悔。如果
走出去该有多少事情可做
哪怕是一件小事
比如帮一位老人提一桶水
比如对一个小孩讲不要玩火
再比如和几个闲人聊聊海迪地震
并且告诉他们，我们该有多么幸福呵

黄　色

冬天是黄色的
黄河是黄色的
黄沙是黄色的
北方是黄色的
那场雪早已被大地收藏

风是黄色的
黄昏是黄色的
隆冬的田野是黄色的
月亮是黄色的
乡愁是黄色的

一截残垣断壁的土墙是黄色的
面黄肌瘦的父亲满身黄土
父亲的树就站在身旁
父亲的脸多像他的树皮也是黄色的
他已进入暮年。喜欢这冬日的阳光
喜欢看着他的小黄牛安详的反诌
然后我没有惊动他的呼噜
牛却停止了反诌

空虚的房子

我在寻找着多年前的那间房子
四周长满浓密的树木
有一条，幽静的小路通向那里
这样的一间房子就足够了

让我成为它的主人
包括一张床、一个书柜
那时，我想请鸟雀安静一会儿
让蚊子先躺在草丛中午休
让苍蝇爬在窗外偷窥

床头还挂着一张你前世的照片
你眼睛的余光撩拨着我的思念
用你的孤独打扰着我的寂寞
可是我不甘心，宝贝
用我的存在去充实一间空虚的房子
我离开那间房子的时候大概在秋天
让褐色的树叶将它轻轻覆盖了起来
包括那条小路
我想，鸟雀们还在讨论我的去向
蚊子也会伤心的离开那里

苍蝇也会失望的叹息
那张毕竟被我睡过的床
应该是空的，只给
书柜留下一张白纸也是空的
我很自私的一个人离去
然后，我看见风爬在窗子上
偷听你呜呜的哭声

落花流水

——记一个阳光少年溺水而亡

是怎样的孩子
在母亲的心中掀起惊涛骇浪
母亲撕扯的哭泣如晴空雷鸣
天空塌陷
谁家的孩子
一张向阳的脸盘
如一张金色的向日葵
在母亲的心中盛开
却又在美好的一刹那凋零
留在夏日如诗如画的村庄

午后长满青苔的高墙
堵住童年的阳光
横在亲人面前的孩子
比水还清的眸子
照亮多少心灵的记忆

那一刻　死水蔚蓝
死神的脸很美很静
温柔的浪花

如森森白牙，咬住
母亲唯一的天

多好的孩子
母亲心中最蓝的天
在落水的那一刻
把生命还给了母亲
却沉重的让母亲
无法接受

冷　静

黄昏，遇到一条蛇
静静的伏在地上
看见我没有一丝惊慌
那么忧伤，那么温顺
也许在它心里早已有了戒备
其实这样的戒备我也有

清 晨

秋雨不问农事
淋湿那个寂寞的清晨
却留不住匆忙的人
要去远行
雨雾浓浓
静静的村庄
心事重重

路旁
牧羊人披着旧雨布
耐心的陪着一群急躁的羊
阅读一幅油画里的清晨

远处
几只麻雀背着密雨
做着一次次的试飞
一个被雨淋湿的农人
徘徊在自己的庄稼之中

天不想晴

就在前天，再前一天
谁打翻了画师的灰墨汁
原野。雨雾濛濛
草木。墨绿水亮
一只鸟背着甘霖低飞
谁在唱《风中有朵雨做的云》
在村庄。一棵树还没有晾干身子
两个孩子，口叼阿尔卑斯糖
玩着泥巴。我仰起头
天不想晴。他们不想回

外出的某一天

朝霞从墙东升起
晚霞从墙西边落下
这两头我都不在
我时常被小日子折腾着
院子里一部分农具斜躺横睡
应该是幸福的
除过一把铁锹和一把洋镐随我出征
这中间宽限的时光里
一只貌似寂寞的蜘蛛
在它的地盘上缝补它的网

冬日村庄

一排排齐整的屋房
在冷风中静享阳光

一条条硬化的小路
看不见尘土飞扬

一串串火焰的冰糖葫芦
炙红孩子们欢笑的脸旁

一阵阵爆米花的醇香
让冬天的风迷乱了方向

一对安静的石磨

一对安静的石磨
一薄一厚被我经管
它们已经有些年头
据说，比我的年龄还大
但是上面的纹路清晰可见
它们出自哪位石匠之手
当年推动它们的是人还是牲畜
磨盘上研磨的是什么样的粮食
是豆类还是别的什么
之后又经历了怎样的流转
没有人提及
好在它们还很完整
它们被我安置在一个寂静的角落
它们不离不弃，如同爱的誓言
它们有大量可以厮守的时光
足以耗尽以后的岁月

到延安

假如不是革命圣地
我也一定会来到延安
因为一种久别的思念
如起伏的山峦

来到了延安
我就有了黄河一样的冲动
我就有了山一样的期待
即便是在寒冷的冬天

我不是被山征服
征服我的却是
石油兄弟那山一样的情怀
即便是远在他乡

枣园的枣

那枣
一颗红星一样的红
装在每一个人的心中

那枣
一团焰火一样的红
点燃了幸福和自由

那枣
一滴血一样的红
在延河里奔涌一种精神

枣园随想

是你指引我认识了延安
山在等待着你从枣园发出的号令
河在执行着你从宝塔山下流向四面八方的
信念

我一直在惊叹
光明和自由
是怎样从延河
传递到中国的每一个角落
真理和自强
是怎样从一孔简陋的窑洞
照亮神州大地
从一支笔的一张纸
一张桌的一盏灯
一个黎明的一座山
点燃未来的天空
如今让我有了一种永远的敬畏

杨家岭的早晨

用一个早晨去经历
多年以前的那个早晨
一个人不够
不能没有石油兄弟陪我一起去跨越
杨家岭的每一个台阶
一条条弯弯向上的小路
在那个早晨 光芒四射
照亮每一个小院
和一架已经等待了半个世纪的纺车

用一个早晨可以看清世界
一个世界不一定明自一个早晨
五角星是一个最简单的图案
却成为一个民族图腾的象征

延安人用一个黑夜
一条羊肠小道
一头精瘦的毛驴
驮一打小米
去给革命充饥
在天亮之前

杨家岭的早晨
我似乎看见毛主席很精神的走出了自己的窑洞
反剪着一只手
另一只手叼着闪烁的烟卷
极目远眺
一只苍鹰
一朵白云

那个早晨
全中国都看到了新的曙光
多年以后的那个早晨
我却用一生也无法去理解

油 塬

黄天厚土
情深难隔
再高的山都有人去攀
再险的路都让人向前
我看见一条条羊肠小道
如苍龙盘绕山峰
我看见一台台磕头机迎风高歌
我看见一座座油场文明生产
我看见一团团火焰高举延安的精神

登上宝塔山

登上宝塔山很容易
那一刻
却花费了我多年的向往

我见过比宝塔山更高的塔
就因为一种触动
它才高不可攀

当导游讲到那座恩来桥的故事
我似乎听到总理在说
"我这个总理没有当好
让延安人民受苦了"
所以有了今天
这座从宝塔山通往盛世的恩来桥
我不是因为那座桥而登上了宝塔山
而是因为那句话的深深触动

从延安回来

从延安回来
人们都问我那边是啥样
我说，天很蓝，山很挤
路把心送上了云端
星空下
闪烁着火焰
下面是一座座高产的油田
磕头机的声音
让我难以入眠
石油人的精神
让我震撼

冬天有一扇门

开启或者关闭
因为调节一种气氛或者拒绝寒冷
迈过冬至的门槛，一只黑鸦带来的冷
六神无主又无孔不入被风唆使着
茫然的眼神，冷色云
黄昏暗淡的底色
贴近我空旷的心情

冬日里看不见斑斓绚丽的影子
村口，苍白无语
一地的纸屑落白大地
把它比喻成一种我的心情或者状态
梦境里有雪，最主要是洁白
它能够掩饰虚伪和欲望，或者
虚伪的掩饰欲望
然后随一串仓皇的脚印离开

从闹市归来，或者从一个事件里
夺门而入。灯光静怡
炉火升温。点燃一句问候幸福
温暖的感觉女儿第一个来告诉我

让拧在一起的心放松了下来
对于生活没有门外汉
无论贫穷或者富有
关于日子，还要走出门
但不要远走，冬天有一扇门
温暖着，敞亮着，倾听你关门的声音
挤进一缕静静的月光

村里一个女人

橘色的黄昏。潜伏着一盏灯的不安
天幕的风屏，因为一个女人的心事
而镀上了一层冷色
初冬的一个寂静的村庄
屋顶的烟囱浓烟冲天
如一列旧火车
带着一个村庄向黑夜里奔跑。
深夜，孩子恬静的熟睡
女人轻轻的缀泣着
内心里一条蛇的温柔和冰冷
正被夜一节一节吞噬

病魔爱上了一个好人

他把所有的力量献给了生活
他是我兄弟的连襟，称兄道弟的亲热
四十出头，如日中天的年龄
瘦弱略为矮小的身体里释放着无私的爱
对亲人、朋友、邻里。我从没有听到他的叹息和
埋怨
这是一个男人的胸襟。一个生活底层，土地狭窄
的农民
依靠打工养家的哥哥，日子过的薄啊
这样一个任劳任怨的人。总是把笑容凝成花蕾在
阳光中绽放的人
乐观而坦荡。他曾到过我的果园里感受春天

十一月二十六日。大地洁白，病床洁白
呻吟着的冬天，冰冷的暗停留在一张苍白的脸上
病魔怎么就爱上了这样一个人
他没有保险，一个用债务支付健康和责任的穷人

那一刻，无言无声的平静
没有狰狞，没有抗拒
如一颗流星轻轻划过夜空

他忍受了亲人的疼，骨肉分离的那种
眼角始终噙着两颗清泪
这样一张坚强的脸
至今一想起来，我就想失声痛哭

冬 天

冬天如一只被猎人追慌的兔子
窜进赤裸的村庄
一轮驾着老牛车的太阳刚刚爬上梁子
就看见放羊的三哥和他的羊
跟在后面

急性子的妻子
把日子活生生的按进咸菜缸里
再压上一块光溜溜的河石
准备过冬

夜晚。炉子上炖开的水壶吹着口哨
电视里正播着天气预报
"明天有一股冷空气
正从内蒙古东移……"

纷飞的雪

北风彻底地，削尽秋色
转身就遇到了大雪纷飞
纷飞的雪，如期而至
这来自天堂的尘埃
洁白无瑕，这冬天的羽毛
飞翔时，抖落了一地的白
鸟雀迷途的惊叫
让大地完整而壮美
我不嫉妒雪花与雪花的亲密
我不拒绝北风与北风的热烈
就随风雪回到童年的村庄
那里有一位倔强的小公主叫白雪
还在等待着一个童话的复活

十一月，站在洁白的大地上

十一月，站在洁白的大地上
已经无法回到从前
是谁允许了一棵披着白风衣的树
与另一棵树重逢
一只鸟与另一只鸟的亲热
是谁用洁白的裙裾封住一条通往内心的路
一串凌乱的脚印已经将自己迷失
十一月呵，站在洁白的大地上
一枚雪花的舞步
轻轻的，滑过我的忧伤

一直向东

秋天越来越瘦
在大地空旷的原野
沿着马车碾过的山路
一阵如水的秋风
纠缠着一座炊烟飘香的村庄
大地倾斜，寒霜微薄
一直向东

凭着打麦场月色温暖的记忆
唱着你喜欢的那首
《幸福的毛毛细雨》的歌
把秋天留在村庄
苍白的天空
一只雁在哀惋的歌唱
试图离开秋天

贺兰山

一个部落雄起
在贺兰山下展开盛世长卷
历史如一只飞不过顶峰的苍鹰
千百年之后，俯视王者星罗的墓群
贺兰山呵，拔地入云
一座王者的丰碑屹立塞上

谁曾在这里吟咏凄美悲壮的诗篇
苏峪口的石头上
刻画着人类最简单的疑问和思想
使每一块石头都凝固着久远的智慧
西夏文字　暗藏一个王朝的文明和神密
千百年后，最终说出了内心的真相

贺兰山下，一座旧时苍凉的堡子
演驿过太多的故事和传奇
滚钟口，一些神密和宗教的虔诚
拱北寺、道观、庙宇
和谐的香火终年缭绕
大夏国的悲壮和历史的伤口
造就了前世的英雄
谱写成今世的史诗
都被今天拿来顶礼膜拜

傍　晚

一块石头挨着一块石头
如一群温顺的羔羊
亲吻着八月
断墙之处，野花遍地
牧人的炊烟，点燃温暖的晚霞
东麓的黄河，平缓的喘息
如一条扭动的银蛇
从银川平原上穿过
或许向秋天延伸
或许向北偷渡

夏日的叙述

一个人始终没有攒够
水木灵州九十平米的楼钱
一日三餐，菜价一天高过一天
我听着杜鹃的埋怨
夏日的热浪，一浪高过一浪
掩埋不住，午睡的鼾声
此时的阿米儿还在庄稼中
安顿着体弱多病的禾苗
几只麻雀死守着一树绿色不放

东干渠东的苹果园
正在艰难的忍受着内心的青涩
村口的商店门前，围着几个成熟的男人
在一个棋盘上拼喊厮杀

这个夜晚
人们顾不上月亮的矫情
聊天的聊天，唱歌的唱歌
打扰着一个燥热的夜晚
把我从失眠中吵醒

一幅远方的山水画挂在心壁

我在太阳燃烧大地的六月
从麦子青郁的葱茏中
抽出瘦弱的背影
抵达黄河流经的景泰石林

黄河的臂弯里依偎着一叶安详的绿洲
趟河的山峰，用擎天巨柱的手指
轻托着疲惫的夕阳
霞光在河谷点燃一堆温暖的篝火

古老的羊皮筏子在激情奔涌的波浪里，劲渡岁月
巨轮的水车载着一条河，始终没有停止过
饮马沟里躺着千年的沙砾
帝王饮足了汗血宝马一去不返
只有载客的瘦马，在沟底扬起的沙尘
还在虚拟着一场结束的战争
亘古的风，一次又一次的，
临摹着石壁上的雕塑
这是黄河之水天上来的杰作
从这《神话》的山峰上流经民间

淳朴的驴的乘坐着现代的旅游
悠扬动听的山歌从河谷里飘出
河两岸宣纸的河床上画着旺盛的果树
簇拥着炊烟袅袅的农家小院
欢歌笑语在河岸边点燃狂欢的篝火
一幅久违的山水画
被我挂在心壁，带回故乡
只留下六月的月亮
在那个夜晚拼凑着被波浪打碎的影子

被呜呜的风关在屋里

某个冬日，一早就听到呜呜的风
像是在乱弹弦子
在高压线上
电话线上
电灯线上
树杂乱着头发
舞蹈着 歌唱着
一只喜鹊喊着 晨光中的
另一只喜鹊

你一开始就忙碌着
进进出出
在孩子们从城里放学回来
又开始洗着衣服
然后又忙着剁酸菜馅儿
包孩子们爱吃的饺子

我被呜呜的风关在屋里
一直让一床温暖的被子摁在炕上
贪婪 臃肿 被打扰着
直到你把一碗瓷实的饺子
递到我的手里

另一种预言

一些人已经开始恐慌
已经陷入杞人忧天的忧郁之中
村庄依然是那么安静
成群结队的小狗神情自若
几个贪玩的孩子继续着他们的游戏
这多好啊
最大的预言
一定会到来
那就是 2012 年 12 月 22 日早晨
我们依然会醒来
村庄依然是那么安静
我们继续爱着，接着生活
包括那些失落的人

姐　姐

你在另一只手被夺走以后，才开始不相信命运
断臂的维纳斯没有让你看到痛苦和绝望
你一直爱着人间
用另一只手编织世间最美的花环

妹 妹

我从乡下到城市
你把一头秀发垂下来低声哭泣
广场上，人们都如倦鸟归去
霓灯如桔，燥热的夏夜裹不住
你的忧伤。一种疼
正在向暗处扩散

担 心

眼前蹦蹦跳跳的小女孩
多像我的女儿，丢着两个小辫
我的女儿已经长大
长大了该有多少问题
尤其放学不按时回家
她有自己的 qq 号和很多朋友
可她还是个中学生
已经放学了还不见个影子
我不知道她会从哪条路回来
有些街上还没有路灯

天亮了

黎明，那只最俊的公鸡在不停的召唤
清真寺，敞开第一扇大门
虔诚的人们啊
用忏悔洗洁心灵
用祈祷渴求新生
用赞歌迎接光亮

写在母亲节

一

从一开始我就哭着

泪水中痛惜着一个伤口，一个伤口的黄昏以及落日

我哭过以后就成了另外一个人

我的哭被世界和黎明接受着

我的哭同时被悲伤和苦难经历着

那洋洋洒洒的哭声，如柳笛一般清脆婉转，响彻

整个春天

那哭声同时也惊动着一个赤黄色的村庄

那哭声是纯粹的，自然的，没有一丝矫作和模仿

的痕迹

是原始的，是本能的，也是神圣的

多少人在焦急的等待着，这生命的宣言

这生命的开始，春雷般的第一声婴儿的啼哭

二

从一开始我就哭着

从浓浓的血液里，如奔涌的河流

涌向一个方向。如海水狠狠的砸着礁石

从生命踏上抉择命运征程的那刻
从数亿万个细胞的裂变中
就如一个电闪雷鸣、狂风暴雨的夜晚
我路过一个饥寒交迫、身心疲惫的年代
母亲咬紧牙关的声音如惊雷滚过长空

三

从一开始我就哭着
胚胎由朦胧见清晰的分化中
我感觉到大地震荡洪水泛滥
那一刻母亲奔跑着
心跳剧烈，同时遭受着惊吓和恐慌、颤傈着
用一双温暖的手抱着小腹
给生命一次近距离的呵护

四

从一开始我就哭着
漫长的十月
母亲呼吸艰难的分娩时分，汗水浸湿发尖的那刻
苍白的脸颊和一缕纷乱的黑发
母亲阵痛的呻吟和侵满泪水的眼角
以及母亲咬破的嘴唇，从黑暗一直到黎明

五

从一开始我就哭着
我哭过以后我就看见了伟大的母亲也哭着
流着微笑的泪
那微笑是世间最温暖的最美丽的最幸福的光亮
让尘世暗淡失色
那泪是世间最圣洁最甘澈的露珠

煤

煤啊！煤

肤黑的女郎

你以九百九十九种冷酷的姿态

在漆黑寂寞的巢穴中等待

亿万年后的今天

我掀开重重黑暗的门

跨越地狱的台阶

绕过魔鬼的宫殿

来营救你整个的尊严

就用我行走的光亮

指引你，直到天堂

第三辑　迈过脸的月亮

…… 此刻，我移开了爱的目光

九月，菊花

九月，金色的菊盖住一束正在下落的阳光
她的光芒已经漫出台阶

那株金色的菊。我只想
拭去身上的尘土站在你的边上

不知从哪儿飞来的蝶也是寂寞的
来了就不想飞走

月亮摆脱了村东头那片林子
风就醉了

新 生

恶梦醒来
晨风轻拂
门口那棵叶子硕大的速生杨
用力捧着朝阳金色的光芒
一只兴奋地喜鹊
也许是我前世的爱人
第一个为我恭贺新生

一个让我怀念的地方

一只白鹤
安详的站立在泉湾
水草丰茂
我和铁儿常到这里

如今不见了童年的鱼塘
一大片苇湖，水牛的哞叫声
一群热闹的水鸟，以及
从山上下来饮水的牲灵
一片垦荒者的沙树林
也被围成一片
茂密的坟岗子，那墓碑
如被锯断的树桩
那曾经醉人的沙花香
已随风远逝

最后，一池荷也被农人占了
铁儿长大了
像另一只飞走的白鹤
留下一个让我怀念的地方

春天的真相

你来了，我真的束手无策
春风里，那些沙尘
每一粒都是你撒下的诅咒
那些娇嫩的花朵都是命啊

另一棵树

另一棵树是苹果树
从春天出发，花枝招展
路过节令的每一个路口
把最后的果实扛在柔弱的肩头
夏日丰满，秋日沉重
为我们呈献最辉煌的盛宴

花 语

你不要碰我
至少可以选择悄悄离开
为何还要等待

在凋零之前，已经
有一只蝴蝶给过我安慰和祝福
这世间，我知道你的留恋很轻

你走了以后

你走了以后
在心里，为你空出
一块墓地

你走了以后
我就下定决心把你埋葬
用尽午后虚脱的光阴

一首酸杏一样的情诗
一缕寂寞的光束
一只被你放飞的粉色的蝴蝶
一起被我深深的埋葬

这么多年来
墓碑上的名字还是那么鲜亮
像一根小刺扎在心上

这么多年以来
坟头一直开着你喜欢的
兰花花和黄花花

之前的另一只粉色的蝴蝶
依然在花丛里徘徊
因为决定把你埋葬的时候
正好是春天

赞　美

瞒着春天赞美你
用一首小诗
这首小诗里用尽春色
桃花
梨花
杏花
苹果花
还有枣花
每一朵像你

我 们

我们多像两只细小的虫子
被困在生活的褶皱里
你在一头，我在另一头
每一刻都试图爬了出去
邂逅

一棵树一样的等待

盛夏，在一棵绿荫笼罩的寂静里
包括我依树而立的等待
一棵树一样的等待

忽然，一小股风钻进树的内心
一树的绿叶热烈了起来
如同我荡漾的心

我在等待一个人的到来
那棵树
一直也没有安静下来

迈过脸的月亮

光从天上掉下来
风躲在一棵树里窃笑
我没有足够的勇气说出那三个字
你一直没有读到我为你写的诗
也许你还要继续等待
我死后，那首诗还在依然爱着你
你也许会后悔
像迈过脸的月亮
让我看不到忧伤

想起那个人

不由得又想起那个人
我不知道为什么又想起那个人
在这个夜晚，谁不孤独
漆黑的小屋格外寂静
古铜色月亮，一脸忧伤
我始终没有听懂屋外暗处的
那些细碎的虫语
我无法确切她的消息
她也一定不会知道一个人的思念
这个夜晚燥热而且漫长

—

我怀揣一棵树的宁静

目光穿透目光的那种欲望
犹如被隔着一块明净的玻璃
站立在你我之间的夏夜
月色静若止水
此刻 我怀揣着一棵树的宁静
倾听你波涛一般的心跳
这样黑密的林子里
心中又荡起一阵风的冲动
风的形状如同你飘逸的长发
弥漫着夏桂的芳香

这是一个简单的夜晚
每一片树叶都有自己的想法
拥挤在一起的树叶
让这个夜晚心事重重
一颗流星擦过你忧郁的眼神
我却不敢靠近一朵花的矜持

我点燃了一支烟
火光诡异地闪烁着
静默中，远处的水声此起彼伏

我早已决定把手放进衣兜
让你的心舒展成一片安静的叶子
于是 今夜的月亮
成为我们心中最明的月亮
安排一个人成为另一个人的影子
珍藏在风的记忆里
起码飘零的时候不会感到孤单

理 由

我没有理由不让那片叶子落下来
它在那棵树上已耗尽时光
这是一个段落，或者一个时期
正好是我们相识的时光

我也没有理由不让一个人不离开
她早已避开我的视界
我知道这对我好，但不代表
放弃对她的思念

穿上风的衣衫
绝不让任何人窥出一点忧伤
为什么还要爱她，这个偷心的女巫
我却允许了她的逍遥法外

在爱情的海上

很难想象
你孤独的时候
怎样模仿着
我对你的相思

铜镜般的明月里
两滴清泪
让整个夜晚变得朦胧了起来
思念的清风
竟让一湖的水
荡起了涟漪

梦中你划着
月牙的小船
在爱情的海上
努力的寻着岸

像风一样离去

已是深秋
生命依然美丽如歌
你俏丽的身影
偶然闪进我的视线

像风一样快乐
风的衣衫，若影若现
我如一株脆弱的桅杆
依恋你，梦的花瓣
又随风慢慢漂远

你像风一样
快乐的离去
不留下一丝忧伤的痕迹
让我的记忆
渐渐空虚

夕阳无语

秋风阵阵荡过远山
枫林似火
谁被落霞陶醉
难道是那酒红的美
试问，半挂山坡的夕阳

秋风已醉
夕阳无语
谁在听我倾诉
浓烈的相思

掀开闪烁的夜幕
我看见月儿
披着透明的羽衣

遗 忘

那一天，她的忧伤
感染了我
我只为她一个人写诗

那一夜，我同月亮一样孤独
她却在远方
学着遗忘

那一次，我们不期而遇
我的心
却如一棵落空叶子的树

那一年，我们都已老去
我唤她
她说难道你我曾相识

一缕幸福的炊烟

一棵树四处奔波
音乐随风远行，一行大雁的音符
农庄以外的苹果园，思念落荒秋天

一片冰心的雪花，梦里相思守的女子
孤独的溪水于寂静中倾听
清澈的明眸，点燃欲望的篝火。在寒夜

人之最初，一条河与浑浊一起奔流
逆流而上，叛逆
付出与代价，只为固守生命的堤岸

白发，掠过风雨
站在晚霞温暖的村庄
感恩从前，如一缕幸福的炊烟

粘贴在梦中的记忆

铁儿打着短发
坐在村口的麦场上
面对着月亮
十分清醒的背对着我
天地间涌动着一股凉爽的清风
轻轻的掀动着她隽秀的黑发
一只蝉的歌唱
打动着一垛幸福的麦子
我把整个夜晚粘贴在梦的记忆里
包括多年以后
月光下失落的忧伤

用我密密的诗行

我想我不会向你轻易
交出我心中那把无形的斧子
我正在热恋的女人
借着月光　劈向黑暗
只做黎明的勇士
直到麻木流尽脓血

我想我不会轻易
放过你迷人的放荡
我正在酒吧里认识的女人
我会站在天堂的路口
用我密密的诗行
缝补你疯狂的伤口

表 情

今夜，谁缠着一片云不放
我坐在一棵树的背面，思念
一张忧郁的脸失去表情
纷乱的枝条借风的手
揉红，月亮的眼睛

秋 水

伊人，涉水而来
一池莲，在秋日妩媚
我不愿错过这最后的景致

一只白鹭的孤鸣
使偌大的荷塘升起凉意
整个迷人的秋天里
我的眼中盛满了秋水

暴　露

我在向你叙述
月亮布下场景
我们离得很近
在一棵树的阴影里
我竟然向你打开
一座牢房的门

岁 月

岁月的天空越来越深邃
淡淡的浮云侵染着
被风吹拂的两鬓
我只剩一轮珍藏了一生的月亮
那是你受伤后最爱照的一面镜子

月 亮

我看着，看着它在你的胸前
慢慢塌陷
这忧郁的，金色的月亮
是我正在看你的眼睛

蚂 蚁

请你小心的往前走
那只蚂蚁也在往前走
地上的尘埃犹如巨大的石块
无垠的旷野上
我是另一只蚂蚁

请 求

果子熟了
请你摘走
还没来及摘走的
落在地上
也请你捡走
就当捡起我的生命

落 叶

一枚梨树的叶子
慢慢的落在地上
红红的，像一小块血迹
我才离开了一会儿
就不见了
也许是渗进土里

夜深了

夜深了
忽然醒来看见
另一个我趴在玻璃窗上望着我
他面目苍老，一脸绝望
眼里蓄满泪
我只是清楚地看到死去的我
或者，父亲

消 融

雪已消融

铺天盖地的祝福消融

阳光温暖

微笑温暖

我已远远看见春天

边走边唱

路边的垂柳

已经有了舞蹈的冲动

奔 跑

太阳在奔跑
一路的风在追

风在奔跑
一树的叶子在追

叶子在奔跑
满天的雪花在追

雪花在奔跑
在故乡摔了一跤

安 静

我想安静了下来
都市的喧嚣在折磨着
一个疲惫的夜晚

我想安静了下来
一群蛆虫
在一块腐肉里骚动

我真的想安静了下来
如一粒尘埃
落定

回　家

天忽然暗了下来
我发现一些树和整块的玉米地
向着相反的方向奔跑

路　上

一群回家的羊
低着头认真地走自己的路
这群羊就住在附近的村庄
此刻　正与一辆车子相遇
这辆车子抬起头看了看
被羊占了的路面
也没敢吭声　因为
它走在别人的路上

解　释

花开了
是春天的解释

果落了
是秋天的解释

树空了
是一个人一生的解释

时光之石

时光在我身后不断荒芜
我坐着一辆木轮的马车
深陷旷野

朱红的大门在黄昏里暗淡失色
祖先的石碾已修炼成佛
它不愿提及昨天
它在打坐
它在自己体内，一直穿越

一座老钟

我允许它的存在，我说不出为什么
我喜欢钟摆的宁静，钟的安详
它的摆动暗合着我的心跳

我一直愿意，把它摆放在内心的神殿
我要让神圣，敬畏，忏悔，光亮
尘埃，呼吸，脚步声同时存在着

你不在

门是开的，窗也是开的
月亮移走黑色的树冠
风，乱翻着练习册
昏暗的墙壁上又多了一扇明亮的窗子
好像屋子里除了风
只有风

向 往

从枕头下面升起锦绣前程
枕头就放出光芒
贫穷的宫殿里
依旧陈列祖先的向往

现　在

请你不要打扰
我正在忙着老去
那些看守村庄的老人
他们已经没有梦了
这一定是我的某一天

下一刻

下一刻会发生什么
是喜是忧
谁都想知晓
下一刻，掌握在神的手中
无论发生什么
我想：这都是下一刻的意愿

时光的河

时光是一条没有岸的河流
它带着我们
像带着它的泥沙
奔向下游